Es geht eine Leiche auf Reisen

Für meine beiden Liebsten zu Hause:
Petra, meine Liebe seit über einem Vierteljahrhundert,
und Lilli, unsere gemeinsame Katze, seit nunmehr 12 Jahren;
und für meine Mitsportler und Mitsportlerinnen Ulla, Sabine, Helmut,
HK, Friedrich, Bernd und Reiner, sowie Trainer und Trainerinnen aus
dem Injoy in Hohenlimburg Thorsten, Claudia, Regine und Dennis.

Manfred Schloßer

Es geht eine Leiche auf Reisen

Kriminalroman

Bibliografische Information der Deutschen Nationalbibliothek
Die Deutsche Nationalbibliothek verzeichnet diese Publikation in der Deutschen
Nationalbibliografie; detaillierte bibliografische Daten sind im Internet über
http://dnb.dnb.de abrufbar.

© 2018 Manfred Schloßer
Satz, Umschlaggestaltung, Herstellung und Verlag: BoD – Books on Demand
ISBN 978-3-7528-0930-5

Inhalt

Über den Autor

Manfred Schloßer, geboren 1951, aufgewachsen in Datteln, wohnt seit 1980 in Hagen. Er studierte Sozialwissenschaft an der Bochumer Ruhr-Universität, Sozialarbeit an der Hagener Fachhochschule, Sozialpädagogik an der Dortmunder FHS und machte drei Diplome. Zur Belohnung durfte er sein Geld als Leiter eines Abenteuerspielplatzes, eines Jugendzentrums und eines Jugendinformations-Zentrums verdienen und danach in einer Betreuungs-Behörde arbeiten. Mittlerweile im ›Unruhestand‹ hat er noch viel mehr Zeit, seinen verschiedenen sportlichen Aktivitäten und natürlich seiner Leidenschaft fürs gedruckte Wort zu frönen.

Mit dem Krimi ›Es geht eine Leiche auf Reisen‹ erscheint 2018 bereits der elfte Danny-Kowalski-Roman.

Die vorherigen zehn Romane:
›Die sieben Jahreszeiten der Musik‹, Musikroman 2017
›Das Ekel von Horstel‹, Krimi, 2017
›Wer andren eine Feder schenkt‹, 2016
›Das Geheimnis um YOG‹ TZE‹, Krimi, 2015
›Zeitmaschine STOPP!‹, Öko-Science-Fiction-Story, 2014
›Leidenschaft im Briefkuvert‹, Liebesroman, 2013
›Der Junge, der eine Katze wurde …‹, 2012
›Keine Leiche, keine Kohle…‹, Ruhrgebiets-Krimi, 2011
›Spätzünder, Spaßvögel & Sportskanonen‹, 2009
›Straßnroibas‹, Reise-Roman, 2007

Weitere Informationen im Internet: http://www.petmano.jimdo.com/

In eigener Sache:

Die Länder, Städte und Straßen in diesem Roman gibt es wirklich. Aber die Namen der genannten Personen habe ich frei erfunden. Falls sich doch irgendjemand in einer der im Roman vorkommenden fiktiven Gestalten wieder erkennen sollte, kann es sich nur um einen Zufall handeln.

Ohne Krimi geht die Mimi nie ins Bett

›Jeden Abend geht die Mimi in die Heia um halb zehn,
aber niemals ohne vorher an den Bücherschrank zu gehn,
keinen Goethe, keinen Schiller, holt sie aus dem Schrank heraus,
nein, einen zum Verhaften holt sich Mimi raus.
Ohne Krimi geht die Mimi nie ins Bett …
Ich kann nicht schlafen, denn die Mimi will lesen,
ich kann nicht schlafen, denn die Mimi ist erst auf Seite Hundertzehn,
wo der Killer aus Manhattan,
Zyankali angekocht,
für den Richter aus Chicago,
der ihn damals eingelocht.
Ohne Krimi geht die Mimi nie ins Bett …
Ich kann nicht schlafen, denn die Mimi will lesen,
drum schleich ich aus dem Bett,
aus dem Zimmer,
auf die Straße,
in die Bar,
denn dort machen,
ein paar Klare mir den Schädel wieder klar …!‹

Personen

Mimi Yksimäki – eine junge finnische Frau aus Kirjokivi
Okka Yksimäki – Mimis Mutter und Hausdame des Kirjokivi Manor
Artjom Tamm – estnischer Seemann
Acki Schwollo – brutaler Zuhälter aus St. Pauli
Wolfgang Kanter – Hamburger Immobilienhändler mit Blutungen am Kopf
Erwin Haschke – Geschäftsreisender aus Dülmen
Achim Schendler aus Coesfeld – Erwins Kollege
Mari Kirsipuu – eine estnische Frau mit finnischen Wurzeln
Jukka Tollonen – finnischer Sauna-Bauer
Carina, Herbie und Kathie Appelhoff aus dem Fun-Out Dorsten
Vanessa, Sascha und Jutta Gesell aus dem Fun-Out Münster
Günter Querbock – Hauptkommissar aus Dülmen
Bandura – Hauptkommissar aus Hagen und Chefe von Kowalski
Danny Kowalski – Kommissar aus Hagen
Fanny Bevenbreucker – seine flippige Kollegin
Moni und Lilli – Dannys Frau und Katze helfen von zu Hause
Thorsten Schütze – fand zusammen mit 4 Mitarbeitern die skelettierte Leiche
Anna Kokoschka – Gerichtsmedizinerin aus Dortmund
Kasper Schulte-Vosbeck – Anwalt aus Dülmen
Ella, Horst, HK, Maya, Tomte, Carola, Elisa, Eddy und Thomas vom FunOut Hohenlimburg helfen Danny beim Recherchieren
Heinrich Friedl, früher beim Hagener Grünflächenamt – gibt wichtige Hinweise
Hannes Engelmann – Tipp-Kollege von Danny und Werner
Werner Sperling – war schon früher in Finnland dabei
JV Meyer und Lia Böchterbeck gehörten ebenfalls zu den Finnland-Reisenden

I. Mimi auf Reisen

Die kleine Mimi

Die kleine Mimi Yksimäki wuchs auf in einem kleinen Dorf namens Kirjo-kivi am Kirjokivi-See. Das war einer von Tausenden von Seen im Inneren von Finnland, das Land der (hundert) tausend Seen. Suomi, wie Finnland in Finnisch heißt, liegt im Nordosten Skandinaviens. Es gilt eigentlich als das ›Land der tausend Seen‹, was aber andererseits eine hübsche Untertreibung ist. Denn offiziell hat das Land, das etwa so groß wie Deutschland, aber sehr dünn besiedelt ist, sage und schreibe fast 187.890 große und kleine Seen. Die Gesamtküstenlänge aller Seen beträgt mehr als 186.000 Kilometer und die Zahl der Süßwasserinseln rund 98.000.

Mimi war die einzige Tochter von Okka Yksimäki, der allein erziehenden Hausdame von Kirjokivi Manor. Die beiden lebten glücklich miteinander. Sie waren wie zwei Sonnen, auch im tiefsten finnischen Winter. Alle Menschen im Dorf, aber auch die Gäste von Kirjokivi Manor, liebten die beiden: Mutter wie Tochter. Kein Wunder, denn die Finnen gelten als die glücklichsten Menschen der Welt. [*]

Mimi war ein echter Wildfang: sie schwamm immer unbefangen und nackig im Kirjokivi-See. Und sie ritt ohne Sattel auf den halb-wilden Rentieren der Umgebung. Sie konnte es gut mit Tieren und mit der Natur. Sie sprach mit den Haustieren, Wildtieren und Vögeln.

Als Schulkind war sie eine Naturbegabung. Es gab in Kirjokivi eh nicht viel Abwechslung außer Schwimmen im See und Reiten auf Rentieren. Deshalb waren die dortigen Kinder oft in der ein halbes Jahr währenden Dunkelheit viel drinnen in der Stube und lernten.

---

[*] *dpa – Finnen sind die glücklichsten Menschen, in: Westfälische Rundschau Hagen, 15.03.2018*

Mimi war ein klares und intelligentes Kind, das gut rechnen, schreiben und lesen konnte. Sie verschlang alle Bücher, die sie finden konnte. Auch Sprachen zu lernen fiel ihr leicht: neben der eh schon sehr schwierigen finno-ugrischen Sprache mit ihren 14 Fällen lernte sie erst Englisch, später noch Russisch und Deutsch. Dazu fehlte ihr zunächst noch die Praxis. Aber umso älter sie wurde, umso größer wurde ihr Radius und sie lernte durch ihre Bekanntschaften mit diversen Ostsee-Matrosen, ihre fremdsprachlichen Errungenschaften zu praktizieren.

»Yksi, kaksi, kolme, joka on pallon …?« sang sie als kleines Mädchen immer beim Ballspielen, also »Ein, zwei, drei, wer hat den Ball …?«.

Nomen est omen, ihr Name war Programm. Also ›yksi‹ heißt ›eins‹ und ›mäki‹ ist ›Hügel‹ . Deshalb bedeutet auch ›Yksimäki‹ in Finnisch ›einer der Hügel‹ . Zumindest in den ersten dreizehn Jahren ihres Lebens stimmte ihr

Nachname Yksimäki nicht, denn die Gegend im finnischen Inland liegt flach und pott-eben zwischen dem bottnischen Meerbusen im Westen und der russischen Grenze im Osten.

Aber mit der Pubertät wuchsen Mimi zwei schöne Brüste, so dass die Landschaft wenigstens zwei kleine Hügel bekommen hatte. Mimi blieb weiterhin unbefangen im Umgang mit der Natur. Sie schwamm nackt im See und ritt auf den wilden und halb-domestizierten Rentieren der Umgebung. Sie tollte mit allen herum, auch mit den Jungens. Wenn sie vom Schwimmen im See fror, ging sie in eine der zahlreichen Saunen. Da folgten ihr die jungen Männer auch gerne, denn sie war bekannt für ihre Unbefangenheit.

Die große Mimi

Später ritt sie dann genauso unbefangen auf den finnischen Flößern und den russischen und estnischen Seemännern, die sie in ihrer näheren Umgebung oder an der Ostsee kennen lernte. Mit den Finnen trank sie schwarz gebrannten Wodka und mit den Russen flaschenweise Bier der Marke ›Baltika‹. Sie war ein freundliches Mädchen und sagte ›kiitoksia paljon‹, also ›vielen Dank‹ für die alkoholischen Getränke. Auch als junge Dame blieb sie höflich und bedankte sich auf ihre Weise, nachdem sie die jungen Männer geritten hatte: ›Kiitos paljon rakkautta‹, also ›Vielen Dank für die tolle Liebe‹ …

Aber die große Mimi wollte mehr, sie wollte die große Freiheit. Sie wollte mehr erleben, als im See zu schwimmen und in der Sauna zu schwitzen, als auf Rentieren und Seeleuten zu reiten …

Obwohl sie sich mit ihrer Mutter gut verstand, verließ sie Kirjokivi und Finnland in einem spontanen Entschluss von Abenteuerlust, wie es junge Menschen mitunter so überfällt. Sie wollte einfach was erleben, ohne sich von jemand in ihre versponnenen Ideen reinreden zu lassen. Deshalb machte sie sich auf und davon, ohne sich von ihrer Mutter zu verabschieden. Zumal sie ja auch gar nicht wusste, ob sich ihre freiheitsliebenden Pläne verwirklichen ließen, oder ob sie womöglich schon nach drei oder vier Tagen wieder zu Hause sein würde.

Deshalb nahm sie auch gleich die erstbeste Gelegenheit wahr und schmuggelte sich mit Hilfe von Artjom Tamm, auch solch ein reitgeiler estnischer Seemann, in dessen Koje versteckt über die Ostsee bis nach Lübeck. Ein letztes ›Kiitos‹, also ›Danke‹ an ihn, und damit hüpfte sie an Land, war in ›Saksa‹ angekommen. Sie betrat deutschen Boden und begann ihre Wanderung durch Deutschland.

Sie trampte oder fuhr schwarz mit Eisenbahn oder Bussen, denn Geld hatte sie keines. Nachts schlief sie meist bei Männern, die sie beim Trampen mitnahmen, und auf denen sie ihre wilden Reitübungen vorführte …
… quasi eine win-win-Situation für alle.

Bis sie kurz vor Hamburg an den Falschen geriet. Der schmierige Acki Schwollo, ein gut aussehender, aber brutaler Zuhälter aus St. Pauli, hatte sie beim Trampen aufgegabelt und nahm sie mit nach Hause auf die Reeperbahn.

Erst gefiel ihr die schillernde Glitzerwelt der Reeperbahn ganz gut. Da war doch Tag und Nacht was los, ganz was anderes als in Kirjokivi. Jetzt hatte sie nicht nur die große Freiheit, sie wohnte sogar in der ›Großen Freiheit‹, einer kleinen Seitengasse der Reeperbahn.

Vor ihrer abenteuerlichen Flucht über die Ostsee war sie als Fremdsprachen-Studentin an der Uni Helsinki eingeschrieben: alles Theorie. Jetzt hatte sie viel Sprach-Praxis, was sie zusammen mit ihrem offenen und humorvollen Wesen bei den Freiern sehr beliebt machte.

Und solange die Freier manierlich blieben, gefiel ihr das nächtliche Geschäft mit dem käuflichen Sex sehr gut. Denn sie hatte schon immer gerne gebumst. Erst als sie die ersten Ekel-Freier bekam, wurde sie mehr und mehr verschlossen. Sie entschied sich dazu, bei nächster Gelegenheit aus dieser unangenehmen Situation zu entfliehen.

Doch Acki sperrte sie ein und wollte sie weiterhin zur Prostitution zwingen. Dabei hätte sie auch freiwillig mit den Männern gebumst. Das machte ihr an sich nichts aus. Aber zwingen lassen wollte sie sich auf keinen Fall zu irgend was.

Mimi
auf
Reisen

Mimi auf Reisen

Also nutzte sie die erstbeste Gelegenheit zur Flucht. Acki hatte sie im Sommer bei einem seiner reichsten Kunden aus Blankenese abgeliefert, dem gut situierten Immobilienhändler Wolfgang Kanter. Der wollte sie aber nicht mit zu sich in sein feines Zuhause mitnehmen, zumal dort auch seine Ehefrau Marianne wohnte. Für solche Zwecke hatte sich der distinguierte Herr Kanter ein Appartement in Georgswerder besorgt. Acki sollte sie drei Stunden später dort wieder abholen.

In der Zwischenzeit wollte er es sich von Mimi schön besorgen lassen: ihre ›Reitkünste‹ hatten sich rum gesprochen. Erst begann alles ganz harmlos wie immer: sie ritt ihn bis zur Erschöpfung, und sie erholten sich auf dem breiten Doppelbett. Dann zog sie sich ihre komplette Dessous-Garnitur in roter Spitze an, ein enger kleiner Tanga-Slip, Strumpfhalter um ihre Wespentaille, Strapse, woran rote Seidenstrümpfe geklippst waren, und einen delikaten Büstenheber, so dass ihre Nippel keck und neugierig aus dieser geilen Kollektion hervor blinzelten. Diese rote Garnierung ihrer rassigen Figur harmonierte hervorragend mit Mimis langer goldblonden Mähne. Das alleine hätte doch jeden normalen Mann schon geil gemacht, aber beim zweiten Durchgang ließ der feine Herr Kanter auf einmal seine sadistische Ader durchblicken. Erst schlug er Mimi grundlos, dass sie am linken Auge ein Veilchen davontrug, dann wollte er sie auch noch gegen ihren Willen rabiat zum Anal-Verkehr zwingen.

Sie hatte es eh schon satt, eingesperrt zu sein. Die bei Acki immer abgeschlossenen Türen zerrten an ihrem freiheits-bewussten, weiten und offenen finnischen Gemüt. Und dann das noch. Mimi hatte die Schnauze voll, gestrichen voll. Sie hatte durch jahrelange sportliche Ertüchtigungen in ihrer finnischen Heimat eine zwar kleine, aber äußerst athletische Figur. Außerdem war sie wendig wie eine Schlange. Deshalb konnte sie sich aus seinem harten Griff befreien und schlug dem überraschten Freier mit dem erstbesten Gegenstand, der ihr ins Auge fiel, einem weißen Ziegelstein aus seiner Glas-Ziegel-Regal-Installation, eins über den Schädel.

Schnell schnappte sie sich ihr goldenes Handtäschchen, das knallrote Minikleidchen und ihre roten High Heels und gab Fersengeld. Die Tasche und die Heels in der Hand und barfuß die Treppe runter, machte sie sich vom Acker. Dass der Freier am Kopf blutete oder verletzt war oder gar sterben könnte, war ihr so was von egal. Sie wollte bloß weg vom ganzen Eingesperrt sein. So stürmte sie – wie sie gerade angezogen war – aus dem Appartement-Hochhaus auf die Straße und rannte Richtung Süden. Außer den Schuhen in der Hand und dem umgehängten Handtäschchen hatte sie nur ihre komplette Dessous-Garnitur in roter Spitze unter ihrem roten Minikleid an.

Sie fand die Autobahn-Auffahrt Hamburg-Georgswerder. Von dort trampte sie los. Mit ihren High Heels und Nutten-Klamotten fiel es ihr nicht schwer, jemand zum Anhalten zu bringen. Da es ein warmer Sommertag war, hatte sie auch ihre großflächige Ray-Ban Sonnenbrille aufgesetzt. Ein Mann mit einem Coesfelder Nummernschild hielt, der Deutschrusse Erwin Haschke aus Dülmen. Sie sprang in seinen Mercedes Benz, und ab ging die Reise weiter nach Süden. Er nahm sie mit zu sich nach Hause, pflegte sie, gab ihr zu essen und zu trinken und verwöhnte sie nach Strich und Faden.

Erwin verliebte sich rasch in Mimi. Er liebte sie von ganzem Herzen und wollte die kleine Streunerin großzügig verwöhnen. Allerdings wollte er sie nur für sich alleine haben, am liebsten einsperren, eifersüchtig wie er war.

Genauso wie streunende Katzen war Mimi zuerst froh, Ruhe und Geborgenheit, regelmäßiges Essen und Kleidung zu bekommen. Aber manche streunenden Katzen wollen dann wieder raus. So auch Mimi. Denn Erwins Eifersucht wurde immer schlimmer.

Mimi im Münsterland

Mimi musste häufiger daran denken, was in Hamburg passiert war: »Oh Gott, womöglich habe ich in Hamburg eine Führungskraft umgebracht …!? Was soll ich nur tun? Sie werden mich bestimmt suchen. Und wenn sie mich finden, dann gnade mir Gott. Am besten wäre es für mich, wenn ich eine komplett neue Identität bekäme.« Diese Szenen, wie sie in Hamburg ihrem brutalen Luden entfleuchte, liefen wie ein Film immer wieder vor ihrem inneren Auge ab: *»in Georgswerder habe ich auf einen rabiaten Freier eingeschlagen und flüchtete dann ohne Geld und Papiere, nur in meinem knappen Minikleidchen. Ich wollte nur weg von diesem schrecklichem Ort. Und ich schaffte es, wie in Trance und mehr oder weniger automatisch. Wie ich es von der Absteige zur Autobahn-Abfahrt Hamburg-Georgswerder geschafft hatte, weiß ich im Nachhinein auch* *nicht mehr. Aber ich hatte die Flucht geschafft. Ob der brutale Freier nur verletzt war und noch lebte oder ob ich ihn umgebracht hatte, das weiß ich auch nicht. Woher auch …!? Was ich noch genau weiß, dass ich irgendwann trampte, und dann landete ich – Erwin sei's Dank – im Münsterland. Denn der farblose, aber zuverlässige Geschäftsreisende Erwin Haschke nahm mich mit zu sich nach Dülmen. Dort versorgte er mich, kümmerte sich um mich und verliebte sich im Laufe der Zeit in mich. Mir war alles recht, solange ich geliebt wurde …«*

Nachdem Mimi ihrem Retter Erwin alles gebeichtet hatte, was ihr in Hamburg passiert war, hatte er vollstes Verständnis für sie. Er wollte alles für sie tun.

Sie brauchte als allererstes eine neue Identität. Und dafür wollte er sorgen. Schließlich hatte er einen Bekannten, der auf die schiefe Bahn geraten war. Der wohnte jetzt in Datteln am Kanal, hieß Werner Zoppich und stellte für ihn die Verbindung zur Unterwelt her. Für einen total erhöhten Preis zwar, aber Erwin kannte sich ja auch nicht aus, besorgte er Mimi für 10.000,-- € von seinen Ersparnissen eine neue Identität aus dem Baltikum. Dadurch wurde sie zu einer Estin.

Ihr neuer Name lautete Mari Kirsipuu. Der gefiel ihr sehr gut, denn ›Kirsipuu‹ bedeutet ›Kirschbaum‹ . Rein sprachlich war das für Mimi auch überhaupt kein Problem, da Finnisch und Estnisch zur finno-ugrischen Sprachgruppe gehörten.

Zwar hieß Mimi jetzt offiziell Mari, aber Erwin nannte ›seine‹ Frau weiterhin Mimi, als wäre es ein Kosename von Mari.

Weil Mimi eine gültige Identität bekommen hatte und die beiden sich gut verstanden, heirateten sie nach ein paar Monaten. Allerdings nahm Mimi nicht den Hausnamen ihres Ehemanns an, sondern sie behielt ihren neuen estnischen Namen, weil er ihr so gut gefiel.

Derweil konnte Mimi in Dülmen wenigstens wieder teilweise ihren alten Gewohnheiten aus Finnland frönen. Sie schwamm nackig im Aa-See. Und einmal schlich sie sich nachts heimlich in den Merfelder Bruch, um dort auf den Wildpferden zu reiten. Das war eigentlich verboten. Zu Hause in Finnland war sie ja als die ›Rentier-Flüsterin‹ bekannt. Da kam sie hier in Dülmen auch mit den Wildpferden gut zu recht. Sie ließen sich bereitwillig von ihr reiten.

Ja, klar, sie ritt auch ihren Hausmann Erwin, und der träumte im Reiter-Paradies …

Mimi im Goldenen Käfig

Mimi wurde es mit der Zeit in Dülmen ziemlich langweilig. Wenn Erwin auf Arbeit war, dann las sie viel. Erst las sie alle seine Krimis aus dem üppig bestückten Bücherregal, jeden Abend einen anderen. Wenn das Bill Ramsey gesehen hätte, dann würde er sofort anstimmen:

»Ohne Krimi geht die Mimi nie ins Bett …«

Aber auf die Dauer wurde ihr davon noch langweiliger. Mimi hatte zwar die Glitzerwelt sehr gerne, also güldenes Geschmeide, blinkendes Zeug und goldene Ringe …

… aber einen ›Goldenen Käfig‹ mochte sie überhaupt nicht, genauso wenig wie ein Vogel. Der würde auch lieber davon fliegen, weg vom Gold und all dem Glitter, hinein in die Freiheit.

Deshalb schlich sich Mimi immer mal wieder aus dem Haus und machte einen drauf, kam aber immer wieder zurück.

Bis es Erwin bemerkte. Er wollte es ihr am liebsten verbieten.

Erbitterte Diskussionen folgten. Sie stritten und sie vertrugen sich wieder.

Nach einigen Wochen der Ruhe und der ländlichen Idylle …

- Bill Ramsey hätte es nicht besser singen können -

> *» …schlich sich Mimi wieder raus,*
> *aus dem Bett,*
> *aus dem Zimmer,*
> *auf die Straße,*
> *in die Bar,*
> *denn dort machten,*
> *ein paar Klare,*
> *ihr den Schädel wieder klar …«*

Danach flippte der Mann aus, zeigte sein hässliches Gesicht.

Er schlug sie.

Sie schlug zurück.

Sie schlugen und fetzten sich,

bis der kräftigere von beiden, der Mann, sie schließlich in Rage kranken-hausreif schlug.

Im Christophorus-Klinikum Dülmen in der Vollenstraße flickte man sie wieder zusammen. Auch schenkte Erwin ihr einen goldenen Schneidezahn. Denn bei seiner Prügelei hatte er ihr einen Zahn ausgeschlagen. Das wollte er wieder gut machen. »So ein goldener Glitzerzahn sieht doch ganz hübsch aus,« dachte sich Mimi.

Die Mitarbeiterinnen vom Krankenhaus in Dülmen empfahlen Mimi, nach ihrem Klinikum-Aufenthalt unbedingt eine ambulante Reha zu machen, da-mit sie körperlich und seelisch wieder beisammen kommen könnte. Außerdem käme sie dann auch mal unter andere Leute.

Zwar kam sie nach ihrem drei Wochen langen Krankenhausaufenthalt wie-der zurück zu Erwin, aber sie begann auch sofort, sich nach einer Reha in einem Fitness-Center umzuschauen. Derweil wollte Erwin sich ändern. Er versprach ihr hoch und heilig, sie in Zukunft nicht mehr zu schlagen.

Nun gut, aber nach ihren miesen Erfahrungen mit ihm konnte sie ihm nie mehr ganz trauen. Sie wollte deshalb auch unbedingt unter andere Menschen kommen, also in eine ambulante Reha, aber bloß nicht in Dülmen, sondern lieber in irgend einer anderen Nachbarstadt.

Mimi hatte es noch nie mit komplizierten Auseinandersetzungen ihrer see-lischen Befindlichkeiten gehabt. Ihr Ding waren immer mehr die körperlichen Ertüchtigungen. Sie wollte sich lieber sportlich betätigen und auspowern.

So kam sie schließlich zum Fitness-Center Fun-Out in Dorsten. Dort traf sie zufällig Achim Schendler aus Coesfeld, den smarten Kollegen ihres Mannes. Da Mimi kein eigenes Auto hatte, nahm Achim sie immer mit nach Dorsten. Dort im Fitness-Center hatte sie sich mit ihrer neuen Identität angemeldet, als Mari Kirsipuu. Deshalb nannte sie sich Achim gegenüber Mari, stellte dabei aber auch gleich klar, dass sie verheiratet ist, nämlich die Ehefrau von Erwin Haschke sei. Achim war zwar sehr überrascht, ließ sich aber seine Überra-schung nicht anmerken. Innerlich war er hoch erfreut, jedoch sagte er ihr nicht, dass er Erwins Kollege war. Das behielt er Mimi gegenüber für sich. Er hatte ja schon von seinem Kollegen allerlei über dessen neue estnische Frau gehört, ohne sie vorher je kennen gelernt zu haben. Er war ja geradezu triebhaft neugierig auf Mari, hatte aber nie eine Einladung zu Erwin nach Hause bekommen. Und dass er jetzt Mari zufällig in einem Fitness-Center kennen lernte, das empfand er als einen Fingerzeig des Schicksals.

Währenddessen änderte sich Erwin zu Hause tatsächlich. Er hatte sich in den drei Wochen ihrer Klinik-Abwesenheit so stark geändert, dass er sie überhaupt nicht mehr anfasste.

Da fühlte sich Mimi aber dann doch ziemlich allein auf der Welt, auch wenn es ihr gerade recht war, dass Erwin sie in Ruhe ließ.

Durch ihre neue Bekanntschaft mit dem netten Achim blühte sie wieder auf. Er machte ihr häufig Komplimente und umschwärmte sie sichtlich. Das gefiel ihr ausgezeichnet. Er tat alles, um sie für sich zu gewinnen. Dann fuhren sie auch mal zusammen abends in eine heiße Disko in Vreden, einem Städtchen im westlichen Münsterland, nahe der holländischen Grenze, und tanzten die halbe Nacht durch. Durch die glitzernde Welt der Diskothek aufgeheizt, wurden sie schließlich in dieser Nacht ein Liebespaar …

Mimis letzte Reise

Und es kam, wie es kommen musste. Der anfängliche Friede hielt leider nicht auf Dauer. Es kam zu einem nächtlichen Streit in Erwin Haschkes Haus. Sie schlugen sich, dass die Fetzen flogen. Aber dieses Mal ohne gutes Ende. Nach einem Schlag gegen Mimis Kopf taumelte sie rückwärts und fiel mit dem Hinterkopf auf die harte Kante des mit Stahlrohr gerahmten Wohnzimmertisches. Da musste wohl etwas kaputt gegangen sein, in Mimis Kopf. Sie rührte sich nicht mehr. Denn sie war tot.

Jetzt hatte der Mann plötzlich statt einer schönen Frau eine schöne, aber sehr tote Leiche an der Backe.

»Was soll ich nur machen …?« fragte sich der Mann.

Er wollte sie loswerden, auf jeden Fall.

Nachts wickelte er sie nackt – wie sie war – erst in ihren roten Bademantel und dann in eine Plastikfolie, verstaute in der Garage alles im Kofferraum des roten Volvo-Kombis und fuhr los.

»Aber wo soll ich nur hin mit ihr …?« fragte sich der konfuse Mann.

Er hatte nicht die Spur eines Plans, alles war wie ein Unwetter über ihn herein gebrochen.

»Soll ich sie vielleicht in Datteln an einem der vielen Kanäle ablegen?« überlegte er. Davon hätte es ja dort einige zu bieten: südlich der Lippe gab es das sogenannte ›Dattelner Meer‹, was eigentlich nur ein erweitertes Hafenbecken war, das sich aus dem Zusammentreffen des Dortmund-Ems-Kanals, aus dem Süden kommend, und dem aus dem Westen kommenden Wesel-Datteln-Kanal bildete, wobei sich nach Norden hin der Dortmund-Ems-Kanal auch noch in eine alte und eine neue Fahrt aufteilte. Und vom Dortmund-Ems-Kanal zweigte nach Osten der Datteln-Hamm-Kanal ab, wogegen bei Henrichenburg der Rhein-Herne-Kanal mit dem Dortmund-Ems-Kanal zusammen traf. Viele Kanäle, viele Schleusen und Hebewerke, viele versteckte Wege.

»Mann-Mann-Mann, nee, ich fahr doch nicht nach Datteln, die ganzen Kanäle da, die ragen doch meist alle hoch über die Landschaft hinaus, von weitem alles zu sehen, da gibt es noch nicht mal Büsche zum Verstecken. ›Hej, Leute, kauft gebrauchte Gebüsche‹, hihihi,« kicherte er in sich hinein, als er sich an die Szenen mit den sich bewegenden Büschen in Monty Pyton's ›Das Leben des Brian‹ erinnerte, »nee-nee, ich glaub, ich setz mich erst mal in den Wagen und brause los. Vielleicht bekomme ich auf der Autobahn ne Idee.«

Gedacht – getan,

gebraust – gefahrn.

Und da fiel ihm beim nächtlichen Autobahnrasen ein, dass er mal mit einem Kollegen dessen Freund Danny Kowalski in Hagen besucht hatte.

Da unten im Ruhrgebiet gab es viele Autobahnen.

»Da werde ich schon irgendwie hinkommen,« dachte sich der Mann.

»Ja, genau, und da gibt es doch auch so viele Wälder. Man nennt es deshalb auch das ›Tor zum Sauerland‹ . Da wird mir schon was einfallen,« wurde der Deutsch-Russe aus der ehemaligen sowjet-russischen Provinz Kasachstan auf einmal gewitzter.

»Gut, dort fahre ich jetzt hin,« dachte sich der Mann.

Er fuhr ziemlich lange und umständlich durch das nächtliche Westfalen, bis er dann zwei Stunden später, immer noch in der selben Nacht von Mimis Tod, auf einen einsamen ruhigen Waldparkplatz einbog. Das war mehr so eine

Art abseits gelegene Schneise, nur Platz für einen PKW, die er zufällig beim Rumkurven in Hagen entdeckt hatte.

Dort lud er die in einem Bademantel, sonst aber nackte und mausetote Mimi aus und trug sie ins Gebüsch. Er warf Erde, Blätter und Zweige über die Leiche, so dass man von ihr auch beim grellen Scheinwerferlicht des Volvos nichts mehr sehen konnte.

Die Plastikfolie entsorgte er auf dem Rückweg in einem Müllcontainer eines Autobahn-Parkplatzes im nördlichen Ruhrgebiet. Der lag kurz nach dem Autobahn-Dreieck Dortmund-Nordwest, wo die A 45 mit der A 2 zusammenkam und er Richtung Oberhausen fuhr. Unweit eines Autoschrottplatzes kurz vor der Abfahrt Henrichenburg bog er auf den Parkplatz und stopfte die Plastikfolie in den dortigen Müll-Container.

»Abfall zu Abfall, Schrott zu Schrott …« dachte er lakonisch.

Die tote Mimi lag währenddessen ganz allein, ganz kalt und ganz nackt unter Erde, Laub und Zweigen verborgen neben der Autobahn A 46, genau zwischen der Bundestrasse B 7 und dem ländlichen Hagener Ortsteil Herbeck.

Dort verlief eine Landstraße mit einer kleinen Brücke über die A 46, der Duft der ›großen weiten Welt‹ rumpelte Tag und Nacht 15 Meter schräg unter Mimi daher …

… so hatte sie auch im Tod ihre Freiheit gefunden, vom Leben befreit, nackig neben einer Autobahn, verkehrsgünstig gelegen.

Bloß mit dem anderen Verkehr, dem ›Ritt‹ über die Männer dieser Welt, damit war's jetzt Essig.

Wenigstens war sie der Natur wieder sehr nahe. Bei den Tieren der Umgebung sprach es sich rasch rum. Und diese knabberten alle gerne an dem feschen Happen rum: die Käfer und Maden, die Würmer und Mäuschen …

… bis nur noch ihr Skelett übrig blieb.

II. Eine Leiche in Hagen gefunden

Kowalski im Dezernat ›Z‹ bekommt einen Polizeibericht

Inzwischen waren Kommissar Kowalski und sein Sonder-Dezernat ›Z‹ eine Institution im Hagener Polizei-Präsidium. Zusammen mit seiner Kollegin Fanny Bevenbreucker hatte man ihnen im Keller des Präsidiums an der Hoheleye ein kleines Kommissariat eingerichtet: das Sonderdezernat ›Z‹ für alle nicht aufgeklärten Fälle. Sie waren zwar anerkannt als kompetente Verbrechens-Buddler von spektakulären, weit zurück liegenden Untaten, aber auch immer wieder in Frage gestellt, wenn sie länger keine Fälle gelöst hatten. Da ging es ihnen ähnlich wie dem dänischen Roman-Kommissar Carl Mörk und seinem sagenumwobenen Sonderdezernat ›Q‹ aus der Feder von Jussi Adler-Olsen: gelobt, wenn er Erfolg hatte, und gehasst, wenn gerade nix geschah. Das Motto ›was in Kopenhagen klappt, das wird schon auch in unserem Hagen gut gehen‹ war ein voller Erfolg gewesen, als Kowalski und Fanny den Fall YOG‹ TZE 2014 grandios lösten. Das war genau, als die deutschen Fußball-Kicker ihre so grandiose Fußball-Weltmeisterschaft in Brasilien spielten und zum vierten Mal Weltmeister wurden. Seit damals trieb Kowalski auch für sich selber Sport und fuhr gut damit. Wirklich jeden Tag absolvierte er sein regelmäßiges Sportprogramm. Zusätzlich besuchte er dann auch noch regelmäßig dreimal die Woche das Fitness-Center Fun-Out in Hagen-Hohenlimburg.

Auch zwei Jahre später, im Sommer 2016, während in Frankreich die Fußball-Europameisterschaft gespielt wurde, löste er zusammen mit Fanny den komplizierten Dreier-Fall, das ›Ekel von Horstel‹ . Da ging es um die drei fragwürdigen Kumpels, den ehemaligen Hagener Rotlicht-Baron Charly Bollermann, den Immobilien-Hai Wolle Mosenbeck aus Berlin und eben das ›Ekel von Horstel‹, Roland Struck.

Im Gegensatz zu früheren Zeiten ging es Danny Kowalski mittlerweile richtig gut. Er konnte stolz von sich behaupten, seit über fünf Jahren keine einzige Schmerztablette mehr genommen zu haben.

»Nun ja,« dachte sich Kowalski, »die nächste Fußball-WM steht im Sommer 2018 vor der Tür. Da wundere ich mich nicht, dass wieder ein neuer Fall von uns gelöst werden soll, oder …!?«

Er begann, in der roten Gerichts-Akte der Hagener Staatsanwaltschaft zu blättern, die allerdings nur aus ein paar Blättern bestand. Auf der Akte stand mit dickem schwarzen Filzstift geschrieben:

unbekannte skelettierte Leiche,

und darunter etwas dünner:

aufgefunden 2015.

»Na, dann schaun wa ma …« dabei lehnte er sich tief in seinen Bürosessel zurück und legte die Füße auf den Tisch. Hier in diesem Büro im Keller kam eh niemand vorbei, außer seiner Kollegin Fanny. Da konnte er es sich ruhig mal ein bisschen gemütlich machen. Damit schnappte er sich das erste Blatt aus der Akte und begann im Polizeibericht zu lesen: »Am Dienstagvormittag, den 11.08.2015, fanden 5 Waldarbeiter in einem Gestrüpp an der Hammacherstraße im Stadtteil Halden eine skelettierte Leiche. Die sterblichen Überreste wurden für weitere Untersuchungen zur Gerichtsmedizin Dortmund gebracht. Ein Verbrechen ist nicht auszuschließen. Da die Herkunft der Leiche unbekannt ist, soll ihre Identität geklärt werden. Zeugen: Mitarbeiter Thorsten Schütze und seine 4 Bufdi's von der Biologischen Station Hagen, Umweltzentrum Hagen, Haus Busch 2, 58099 Hagen, Tel.: 84888.«

In der Akte befand sich auch eine knappe Zeitungsnotiz über den Leichenfund.

Skelettierte Leiche in Hagen gefunden

»*Hagen. Am Dienstagvormittag fanden Waldarbeiter in einem Gestrüpp an der Hammacherstraße im Stadtteil Halden eine skelettierte Leiche. Die sterblichen Überreste wurden durch die Kriminalpolizei geborgen und für weitere*

Untersuchungen zur Gerichtsmedizin gebracht. Da derzeit ein Verbrechen nicht auszuschließen ist, wurde eine Mordkommission des Polizeipräsidiums Hagen eingesetzt. Die Klärung der Identität der Leiche ist derzeit ebenfalls Gegenstand der kriminalpolizeilichen Ermittlungen.« *

---

*   Lokalkompass Hagen, Tatort Hagen, 11.08.2015

Die Mordkommission ermittelt

»Grausiger Fund an einem Waldweg bei Hagen: unter dem Geäst lag ein vollständiges Skelett.

Hagen. Ein menschliches Skelett haben Arbeiter am Dienstag in einem Hagener Waldstück entdeckt. Nun ermittelt die Kriminalpolizei. Identität der Leiche unklar.

Der Fund einer skelettierten Leiche hat am Dienstag die Hagener Kriminalpolizei sowie die Staatsanwaltschaft beschäftigt. In einem Gestrüpp an der Hammacherstraße im Lennetal hatten am Vormittag fünf Mitarbeiter der Biologischen Station ein komplett erhaltenes Skelett entdeckt. Nachdem sie eine Wiese gemäht hatten, fiel ihnen direkt neben einem Trampelpfad ein menschlicher Schädel ins Auge: ›Wir waren zunächst irritiert, haben dann aber sofort die Polizei angerufen‹, berichtet einer der Mitarbeiter.

Die sterblichen Überreste wurden für weitere Untersuchungen geborgen und zur Gerichtsmedizin nach Dortmund gebracht. Hier steht zunächst einmal die Klärung der Identität der Leiche im Vordergrund. Weitere Analysen sollen ergeben, seit wann der menschliche Körper, dessen Geschlecht gestern noch nicht zweifellos bestimmt werden konnte, an dem Fundort lag. Dieser befindet sich in einer Waldschonung unweit der Autobahn 46, die nach Iserlohn führt. Die Ermittler gehen davon aus, dass die menschlichen Überreste bislang unentdeckt blieben, weil sie mit Erdboden bedeckt waren. Der Starkregen in der Nacht zum Dienstag könnte Teile des Skeletts freigeschwemmt haben.

Aufgrund der Auffindsituation möchte die Polizei aktuell nicht ausschließen, dass es sich um das Opfer eines Gewaltverbrechens handelt. Da der Körper nach Informationen dieser Zeitung auffällig mit Ast- und Strauchwerk bedeckt war, könnte sich dahinter der Versuch verbergen, dass hier ein Leichnam versteckt werden sollte. Vor diesem Hintergrund hat die Polizei in Abstimmung mit der Staatsanwaltschaft eine Mordkommission eingerichtet, die die Ermittlungen führt. Der Erkennungsdienst der Kripo war zunächst darauf fokussiert, in dem Waldstück und am Fundort noch mögliche Spuren zu sichern. Wann die ersten Ergebnisse aus der Gerichtsmedizin in Dortmund vorliegen, ist derzeit offen. Angesichts des Zustandes des grausigen Fundes und des daher eher mäßigen Fahndungs- und Ermittlungsdrucks dürfte der Fall dort nicht gerade die allerhöchste Priorität genießen. In Ha-

gen ist derzeit kein Vermisstenfall offen, zu dem dieser Skelett-Fund passen könnte.«[*]

»Tja,« dachte Kowalski, »gleicher Zeitungsbericht, nur um etwas ›Fleisch an den Rippen‹ mit ein paar kleinen zusätzlichen Infos angereichert. Nun denn, die Hagener Mordkommission hat also bereits ermittelt … Da scheint ja nicht so viel bei heraus gekommen zu sein, wenn die Akte jetzt nach drei Jahren auf einmal bei mir auf dem Tisch landet …!?«

Zu dem reißerischen Zeitungsbericht, appetitlich garniert mit einem Foto eines im Laub liegenden Totenkopfes, gab es auch gleich einen Leserkommentar eines gewissen Theo Tonne vom 12.08.2015 in der Westfalenpost Hagen: »Ich finde es pietätlos wie hier der Schädel eines toten Menschen zur Schau gestellt wird, Herr W. Immerhin handelt es sich immer noch um die Überreste eines ehemals lebenden Menschen. Das macht man nicht. Stellen Sie sich vor, dieser Schädel würde Ihrer Mutter gehören. Würden Sie den dann immer noch abbilden?«

»Gute Frage, guter Mann,« murmelte Kowalski kopfschüttelnd in sich hinein.

Einsatz am Hohenhof

Kowalski schüttelte noch still seinen Kopf, derweil öffnete sich die Bürotür und seine Kollegin Fanny Bevenbreucker trat ein. Sie brachte wie jeden Morgen die Sonne mit – also im übertragenem Sinne. Denn sie war dem Leben gegenüber total positiv eingestellt und ging optimistisch in jeden Tag. Schon zu Hause stand sie etwas früher auf, um ihre Yoga-Übungen zu machen. Danach warf sie sich meist in ihre bunt gebatikten weiten schlabberigen afrikanischen Walle-Kleidungsstücke in großgemusterten Umbra-, Beige- und Rot-Tönen, hängte sich einen Schal und klimpernden Indien-Schmuck um und tat sich etwas Duft auf, der nach erfrischendem Etruscan roch. Fertig war ihre Erscheinung – ein wandelndes Aller-Welts-Haus.

---

[*] *Martin Weiske – ›Nach Skelett-Fund in Hagen ermittelt die Mordkommission‹, in: Westfalenpost Hagen, online, 12.08.2015*

»Na, Kowalski, alles easy bei dir …?« dabei strahlte sie ihn mit einem breitem Morgenlächeln an.

»Joh, danke, Fanny,« antwortete der morgens noch eher zugeknöpfte Kowalski. Er brauchte erst immer seinen Kaffee, um aufzutauen. Aber er verstand sich super gut mit seiner flippigen Kollegin, da diese eine erfrischend direkte Art hatte und absolut auf das ›Hier & Jetzt‹ stand. Sie zelebrierte ihre allmorgendliche Tee-Zeremonie. Kowalski bevorzugte als morgendliches Getränk doch eher Kaffee. Während sie beide sich ihre Morgengetränke bereiteten, machten sie ein wenig Small Talk im gewohnt frotzelnden, aber lieb gemeinten Umgang miteinander.

»Also, Kowalski. Dawai-dawai, an die Arbeit, schließlich sind wir ja zum Detektiv-Spielen hier, oder …?«

»Guckstu hier,« dabei zeigte er auf die rote Akte der Staatsanwaltschaft.

»Na, haben sie uns mal wieder ein schweres Verbrechen hier in Hagen überlassen, das sie nicht aufklären konnten?«

»Jep, Fanny, der Text ist kurz und knackig, aber trotzdem spannend.«

»Ja, dann gib mal her.«

Nachdem Fanny die schmale Akte durchgelesen hatte, ging das Telefon. Kowalski ging dran: »Dezernat Z, Kowalski.«

»Bandura.«

Als er hörte, dass es sein langjähriger Chefe Bandura aus der Mordkommission war, drückte er auf Lautsprecherfunktion, damit Fanny direkt mithören konnte: »Hömma, Kowalski, wir sind hier in der Sommerzeit etwas dünne besetzt. Könnt ihr vom Dez. Z diese Ermittlung mal übernehmen? Datt riecht sowieso nach nem Fall, der wie für euch gestrickt ist. Denn im Dachstuhl des Hohenhofes wurde eine Leiche gefunden, und zwar bei Aufräumungsarbeiten. Da könnt ihr gleich mal nen schönen Kulturausflug während der Arbeitszeit machen … Alles klar, Herr Kommissar …!?«

»Ja, Chefe, machen wir doch gerne – Dachboden des Hohenhofes, Leichenreste einer unbekannten Leiche gefunden, meinste …?«

»Ist doch eh euer Thema …!? Jetzt fragt sich nur noch: ist sie uralt, oder doch nicht …?« Bandura war genauso wie Kowalski Fußball-Fan und brennend am aktuellen Geschehen bei der Fußball-WM in Russland interessiert, weshalb er Kowalski tröstete: »Und bis zum entscheidenden Spiel der Deutschen heute Nachmittag gegen Südkorea biste bestimmt wieder zurück …«

»Klaro, Chefe, Anstoß in Kasan, 16.00 Uhr, aber mitteleuropäische Zeit, schaffen wa schon.«

»Ach so, Kowalski, demnächst treffen wa uns ma wieder zu ner kleinen Fußball-Plauderei oben in der Kantine, was …!«

»Jep, Chefe, machen wa nächste Tage. Abba jetzt sind wa erst ma unterwegs.«

Derweil hatte die fixe Fanny schnell im Internet recherchiert und las vor: »*Der Hohenhof. Adresse: Stirnband 10, 58093 Hagen. Jugendstil-Villa. Eines der Gebäude in Hagen, die zwischen Jugendstil und Bauhaus entstanden. Die Villa von Gertrud und Karl Ernst Osthaus gilt als Geburtsstätte des Hagener Impulses und der Folkwang-Idee.*«

»Wirklich sehr informativ, Fanny.«

»Ja, ehrlich, Kowalski, datt is wirklich interessant, watt unser Hagen so zu bieten hat. Damals in den Zwanziger Jahren des letzten Jahrhunderts das Bauhaus, in den 1980ern die Neue Deutsche Welle und heute wir im Dezernat Z.,« lachte Fanny.

So machten sie sich auf zu diesem bedeutenden Hagener Bauwerk.

Während der Fahrt vom Polizeipräsidium Hoheleye über die vierspurige Feithstraße nach Eppenhausen stupste Kowalski seine Kollegin Fanny auf den merkwürdigen Zufall an: »erst die skelettierte Leiche an der Hammacher-straße und jetzt schon wieder ne olle Leiche. Ist das jetzt auf einmal ansteckend hier in Hagen geworden …!?«

»Hihihi, Kowalski, lass ma stecken, die sind doch bestimmt beide schon Asbach uralt. Datt wär doch voll nen Zufall, wenn die watt miteinander zu tun gehabt hätten, oder …!?«

Sie fuhren weiter südlich gegen die grelle Vormittagssonne, überquerten die B 7 an der Ampelkreuzung Eppenhauser Straße, geradeaus die Haßleyer Straße, eine kleine Anhöhe hoch und bogen dann links in die Straße Stirnband ein. Hier war es wegen des alten Baumbestands angenehm kühl. Vor dem Hohenhof hielten sie hinter einem blauen Streifenwagen. Sie wiesen sich aus und durften in die ›heiligen Hallen‹ der alten Jugendstil-Villa eintreten. Auch hier moderate kühle Temperaturen. Oben unterm Dachstuhl war es erheblich molliger, da war es wohl nicht so gut isoliert.

Sie zogen sich die dünnen Handschuhe an, da die Gerichtsmediziner aus Dortmund noch nicht gekommen waren. Die Identifizierung der Leiche fiel allerdings sehr schwer, schien auf den ersten Blick unmöglich. Später fanden die Fachleute von der Gerichtsmedizin unter dem skelettierten Toten ein altes verrottetes Herrenhemd mit einem Waschzettel im Kragen. Der war aber beinahe völlig verrottet, bis auf spärliche Reste eines unleserlichen Firmenlogos und deren Adresse. Auf den Textilresten erkannte man noch ›Bochum 2‹.

Die Gerichtsmedizinerin Anna Kokoschka aus Dortmund erklärte ihnen, dass der Dachstuhl mit seiner extrem trockenen Hitze über alle Jahreszeiten hinweg die Leiche sehr gut konserviert hatte: »Die Leiche ist demzufolge quasi mumifiziert worden, ansatzweise wie sie es einst im noch trockeneren Ägypten mit ihren Pharaonen gemacht haben …«

Derweil witzelte Kowalski albern herum: »Es war aber nicht der König von Ägypten, es war auch nicht der Torfstecher aus Leer,

der Tote kam bestimmt ganz woanders her …!?«

Anna Kokoschka ließ sich durch den Einwurf nicht stören und resümierte weiter: »die Leiche nahezu mumifiziert, aber die Bekleidung des Toten war von Motten zerfressen, jedenfalls die leckeren Baumwollteile. Nicht jedoch der Waschzettel im Kragen. Der schmeckte mit seinen hohen Kunststoffanteilen den Motten anscheinend nicht so lecker …!?«

Sie rätselte noch herum, was es wohl mit dem spärlichen Textilrest aus dem Kragen auf sich haben könnte. Da hatte Kommissar Kowalski die Erleuchtung: »Aaaahhh, da fällt mir was ein. ‹ Bochum 2‹, das steht doch für Wattenscheid. Und das wiederum wurde 1975 nach der Gebietsreform in NRW der Großstadt Bochum zugeteilt. Alles im Rahmen der kommunale Neugliederung.«

Fanny hatte ihr Tablet dabei und war beim Googeln wieder fixer, als die Polizei erlaubte. Ach Quatsch, sie war ja die Polizei: »*Wattenscheid war von 1926 bis 1974 eine kreisfreie Stadt im mittleren Ruhrgebiet. Im Rahmen der Gebietsreform wurde Wattenscheid mit Wirkung vom 1. Januar 1975 mit der kreisfreien Stadt Bochum zusammengeschlossen. Aktuell, also Stand 31. Dezember 2016, hat Wattenscheid als Stadtbezirk Bochum 2 genau 72.736 Einwohner.*«

»Ja, ja, ja …, und Wattenscheid,« sinnierte Kowalski weiter, »das stand für Steilmann. Klaus Steilmann war nicht nur Wattenscheids bekanntester Textilunternehmer, sondern auch Förderer des Ex-Fußball-Bundesligisten Wattenscheid 09. Ja, da müssen wir wohl mal nach Verschwundenen im Raum Bochum/Wattenscheid suchen, was …?«

Tatsächlich wurde später durch die Hemd-Reste mit Etikett herausgefunden, dass das verwitterte Textilstück ein Steilmann-Produkt war.

Und der Tote kam tatsächlich nicht aus Ägypten oder Leer,
er kam nämlich aus Bochum-Laer …

»Mit westfälischem Dehnungs-›E‹,« spielte Kowalski den Klugscheißer, »also wie bei Soest oder Raesfeld, sprich: ›Soost‹ oder ›Raasfeld‹. Deshalb hier auch nicht ›Bochum-Lär‹, sondern ›Laar‹. Capisce …?«

»Och menno, Kowalski, hör bloß auf damit, das weiß ich doch alles selber,« stöhnte Fanny.

Sie erfuhren von den Bochumer Kollegen einige Tage später, dass es sich hierbei um den vermissten Jesemiah Jacobus aus Laer handelte. Der war jahrelang Hausmeister im Hohenhof gewesen, bis er 1999 überraschend gekündigt hatte. Von daher war man im Hohenhof auch nicht sonderlich überrascht, dass der als ziemlich wunderlich geltende Jacobus von einem auf den anderen Tag nicht mehr zur Arbeit erschien. Ohne dabei zu ahnen, dass er mittlerweile 18 Jahre lang im alten Dachstuhl Überstunden gekloppt hatte. Warum auch immer er sich gerade dort oben zum Sterben hin gelegt hatte …!? Denn man fand keine Spuren von Fremdeinwirkung. Also ein natürlicher Tod in exklusiver Umgebung.

»Nach den beliebten Ambiente-Trauungen schien sich da eine neue interessante Methode von außergewöhnlichen Sterbe-Settings zu eröffnen …!?« dachte Kowalski kopfschüttelnd.

III. Die Vermisste aus Dülmen

Polizei Münster – Festnahme nach Leichenfund *

Zurück ins Büro, nahm sich Kowalski wieder die Akte vor. »Na, da schau her,« murmelte er, während er sich das nächste Blatt nahm, »jetzt nimmt die Geschichte langsam Fahrt auf.« Jedenfalls stand auf diesem einzelnen Aktenblatt mit dickem schwarzen Filzstift oben drüber geschrieben:

Mari Kirsipuu

und darunter etwas dünner:

geb. 1988,
gestorben 2010

»Na, wenn das so ist,« dachte sich Kowalski, »dann wollen wir auch die gesamte Akte der unbekannten Toten mal umbenennen.« Damit strich er das ›unbekannte skelettierte Leiche‹ und schrieb stattdessen ›Mari Kirsipuu‹ auf den Aktendeckel.

Münster/Dülmen/Hagen (ots) – Nachtrag zur Pressemitteilung ›Polizei identifiziert skelettierte Leiche als Vermisste aus Dülmen‹ (ots vom 13.10.2015). Gemeinsame Pressemitteilung der Staatsanwaltschaft Münster, der Polizei Coesfeld und der Polizei Münster. Nach dem Fund einer skelettierten Leiche am 11.08.2015 in Hagen stellte sich bald heraus, dass es sich hierbei um die seit Ende Juni 2010 vermisste Mari K. aus Dülmen handelt. Der Ehemann der damals 22 Jahre alten Frau hatte sie Mitte August 2010 bei der Polizei als vermisst

---

*   ots (= dpa-Originaltextservice), 09.12.2016

gemeldet und dabei angegeben, dass unter anderem ihre Ausweisdokumente und Kleidung gefehlt hätten.

»Nach Angaben des 47-jährigen Ehemannes gab es Streitigkeiten in der Ehe des Paares«, erklärte der Leiter der Mordkommission Günter Querbock. »Die damals 22-jährige Mari habe geäußert, dass sie ihren Mann wegen einer Internetbekanntschaft aus Estland verlassen wolle.« Am Abend des 18.06.2010 kam es zu einer Aussprache der Eheleute. Danach wurde die junge Frau nicht mehr gesehen, und auch die Ermittlungen aufgrund der Vermisstenanzeige ergaben keine Hinweise auf einen möglichen Aufenthaltsort. »Bis zum Fund der Leiche hatten wir keine Hinweise auf eine Gewalttat zum Nachteil der 22-jährigen«, erläuterte Querbock. »Danach erfolgten umfangreiche Ermittlungen im Umfeld des Ehepaares und der Familie.«

Im Oktober 2015 durchsuchten Kriminalisten das Wohnhaus des Verdächtigen in Dülmen nach Spuren der Tat und weiteren Beweismitteln. »Nach den intensiven Ermittlungen und der Auswertung der Beweismittel besteht jetzt der dringende Tatverdacht, dass der 47-jährige Ehemann seine Frau nach einem Streit am 18.06.2010 getötet hat«, erklärte Oberstaatsanwalt Michael Bolzen. Der Beschuldigte hat im Ermittlungsverfahren den Tatvorwurf bestritten. Er gab an, dass seine Frau nach dem Streit am 18.06.2010 in dem gemeinsamen Haus übernachtet habe. Als er morgens zur Arbeit gefahren sei, habe sie noch geschlafen. Bei seiner Rückkehr sei sie fort gewesen, und es hätten unter anderem ihr Reisepass, eine Reisetasche sowie Bekleidung gefehlt.

Das Landgericht Münster folgte dem Antrag der Staatsanwaltschaft und erließ Haftbefehl wegen Totschlags. Polizisten nahmen den 47-Jährigen heute (9.12.) in Dülmen fest. Er befindet sich jetzt in Untersuchungshaft. Medienauskünfte erteilt Oberstaatsanwalt Michael Bolzen. Kontakt für Medienvertreter: Polizei Münster; Agneta Bracht; Telefon: 0251-275-2983.

Polizei Hagen – Festnahme nach Leichenfund im August 2015 in Hagen. Ehemann dringend tatverdächtig

»Moment ma,« stutzte Kowalski, »das hab ich doch gerade schon gelesen, kenn ich doch schon alles …!? Bloß vorhin war et von‹ ne Polizei Münster, und jetzt von‹ ne Hagener …«

09.12.2016 – 14:16

Hagen (ots) – Münster/Dülmen/Hagen – Nachtrag zur Pressemitteilung »Polizei identifiziert skelettierte Leiche als Vermisste aus Dülmen« (ots vom 13.10.2015, 16:09 Uhr) Gemeinsame Pressemitteilung der Staatsanwaltschaft Münster, der Polizei Coesfeld und der Polizei Münster ...

Tatsächlich folgte danach derselbe Text des ›ots‹ vom 09.12.2016, den auch schon die Polizei Münster veröffentlicht hatte.

Rückfragen bitte an: Polizei Hagen, Hansi Schneller, Telefon: 02331/986-4713 E-Mail: pressestelle.hagen@polizei.nrw.de Original-Content von: Polizei Hagen, übermittelt durch news aktuell.

Ehemann der Toten festgenommen

Kowalski betrachtete aufmerksam das Farbfoto mit dem gepixelten Gesicht über dem Zeitungsbericht vom 09.12.2016. Das Bild zeigte eine fesche Blondine, schlank und wohlgeformt in einem figurbetonten türkisblauen T-Shirt und mit einer Perlenkette um den Hals. Sie war an den Armen und im Ausschnitt braun gebrannt, als würde sie sich häufig in der freien Natur aufhalten. Auf dem Foto sitzt sie auf einem Felsbrocken, von verschiedenen Kakteen umgeben. So etwas wie ein Kakteengarten oder eine Wüstenlandschaft wie im Burger's Zoo in Arnheim. Mari Kirsipuu aus Dülmen wurde zuletzt am 19.06.2010 gesehen, wie Kowalski inzwischen wusste. Ihre Leiche wurde aber erst fünf Jahre später am 11.08.2015 in Hagen gefunden.

»Hagen/Münster. 2015 war in einem Waldstück an der Hammacherstraße das Skelett von Mari K. gefunden worden. Jetzt hat die Polizei ihren Ehemann festgenommen. Nach dem Fund einer skelettierten Leiche am 11. August im Jahr 2015 in einem Waldstück an der Hammacherstraße in Herbeck stellte sich im weiteren Verlauf der Ermittlungen heraus, dass es sich hierbei um die seit Ende Juni 2010 vermisste Mari K. aus Dülmen handelt. Nach intensiven Ermittlungen besteht nun der dringende Tatverdacht, dass der Ehemann (47) seine Frau getötet hat. Die Polizei hat ihn in Dülmen festgenommen.

Der Ehemann der damals 22 Jahre alten Frau hatte sie Mitte August 2010 bei der Polizei als vermisst gemeldet und dabei angegeben, dass unter anderem *ihre Ausweisdokumente und Kleidung gefehlt hätten. Es gab Streitigkeiten in der Ehe, weil die damals 22-jährige Mari ihren Mann wegen einer Internetbekanntschaft aus Estland verlassen wollte.«* *

»Moment mal, das kommt mir doch alles ziemlich bekannt vor,« unterbricht Kowalski sein Aktenstudium, »das hab ich doch jetzt schon zweimal gelesen. Ach ja, so ähnlich stand es ja auch schon in der Polizei-Pressemitteilung über ots. Und das jetzt hier ist aus der Internet-Veröffentlichung der Westfälischen Rundschau. Na ja, egal. Besser alles lesen. Vielleicht stehen ja versteckt irgendwelche Infos drin, die ich bisher noch nicht kannte …?«

Nun gut, weiter im Text: »*Am Abend des 18. Juni 2010 kam es zu einer Aussprache der Eheleute. Danach wurde die junge Frau nicht mehr gesehen und auch die Ermittlungen aufgrund der Vermisstenanzeige ergaben keine Hinweise auf einen möglichen Aufenthaltsort. ›Bis zum Fund der Leiche hatten wir keine Hinweise auf eine Gewalttat zum Nachteil der 22-jährigen‹, erläutert der Leiter der Mordkommission Günter Querbock. ›Danach erfolgten umfangreiche Ermittlungen im Umfeld des Ehepaares und der Familie.‹*

Im Oktober 2015 durchsuchten Kriminalisten das Wohnhaus des Beschuldigten in Dülmen nach Spuren der Tat und weiteren Beweismitteln. ›Nach den intensiven Ermittlungen und der Auswertung der Beweismittel besteht jetzt der dringende Tatverdacht, dass der 47-jährige Ehemann seine Frau nach einem Streit am 18. Juni 2010 getötet hat‹, erklärt Oberstaatsanwalt Michael Bolzen.

Der Beschuldigte hat im Ermittlungsverfahren den Tatvorwurf bestritten. Er gab an, dass seine Frau nach dem Streit am 18. Juni 2010 in dem gemeinsamen Haus übernachtet habe. Als er morgens zur Arbeit gefahren sei, habe sie noch geschlafen. Bei seiner Rückkehr sei sie fort gewesen und es hätten unter anderem ihr Reisepass, eine Reisetasche sowie Bekleidung gefehlt. Das Landgericht Münster folgte dem Antrag der Staatsanwaltschaft und erließ Haftbefehl wegen Totschlags. Polizisten nahmen den 47-Jährigen in Dülmen fest. Er befindet sich jetzt in Untersuchungshaft.« *

---

*   09.12.2016, ›Nach Leichenfund in Herbeck nimmt die Polizei den Ehemann der Toten fest‹, https://www.wr.de/staedte/hagen/nach-leichenfund-in-herbeck-nimmt-die-polizei-den-ehemann-der-toten-fest-id208933603.html

Prozess und Urteil in Münster

»Aha, aha, aha …,« resümierte Kowalski, lehnte sich tiefen-entspannt in seinen Bürosessel zurück und legte seine Füße auf den Tisch, »da haben se ihn ja doch verknackt, den Deutsch-Russen aus Dülmen … Puuuuhhh, das hat er sich wohl auch anders gedacht, wonnich ….!?«

Kowalski schnappte sich die Akte und las den Artikel über den ›Totschlags-Prozess gegen den Ehemann‹ : »Vor dem Landgericht Münster findet der Prozess gegen einen 47-jährigen Mann statt, der seine Frau getötet haben soll.«

»*Hagen/Münster. Jahrelang galt eine Frau aus dem Münsterland als vermisst. Dann finden Spaziergänger eine Leiche in Hagen. Jetzt steht der Ehemann vor Gericht. Wegen Totschlags muss sich ein Mann aus Dülmen von Mittwoch an vor dem Landgericht in Münster verantworten. Laut Anklage soll er seine Frau im Juni 2010 getötet haben. Die Frau aus dem Münsterland galt bis Oktober 2015 als vermisst.*

Gegenüber den Behörden hatte der Mann angegeben, dass er am Morgen nach einem Streit das Haus verlassen hatte, als seine Frau noch schlief. Als er dann von der Arbeit zurückkam, sei seine Frau samt Reisepass, Reisetasche und Kleidung verschwunden gewesen. Dann die Wende im August 2015. Ein Spaziergänger findet im rund 80 Kilometer entfernten Hagen eine skelettierte Leiche. Zwei Monate später war klar: Bei dem Fund handelt es sich um die Vermisste aus Dülmen. Rund 14 Monate später erlässt das Landgericht Münster im Dezember 2016 Haftbefehl gegen den damals 47-jährigen Ehemann. Er bestreitet die Tat und sitzt seitdem in Untersuchungshaft. Die Ermittler gehen davon aus, dass der Ehemann seine Frau nach einem Streit getötet hat. ›Bis zum Fund hatten wir keine Hinweise auf eine Gewalttat gegen die Frau‹, sagt der Leiter der Mordkommission, Günter Querbock, nach der Festnahme. ›Danach erfolgten umfangreiche Ermittlungen im Umfeld des Ehepaares.‹ [*]«

Kowalski schüttelte nur entrüstet mit dem Kopf und dachte still für sich: »Was manche Journalisten sich so zusammenschreiben, damit es sich reißeri-

---

[*]   dpa – ›Totschlags-Prozess gegen Ehemann, nach Leichenfund in Hagen‹, 05.06.2017, in: https://www.wr.de/panorama/nach-leichenfund-in-hagen-totschlags-prozess-gegen-ehemann-id210797899.html

scher als die Wirklichkeit anhört …!? Also, ›Spaziergänger‹ waren es bestimmt nicht, die die Leiche fanden. Das weiß ich definitiv besser. Denn es waren ja die Männer von der Hagener Bio-Station, und die waren bei der Arbeit.«

Er hatte die ›Akte Kirsipuu‹ von der Polizei aus Coesfeld angefordert, nachdem mittlerweile im Landgericht Münster ein Urteil gefällt worden war.

Nun griff er sich den grünen Schnellhefter des Gerichts, schlug ihn auf und begann den Bericht über das Schwurgerichts-Urteil zu lesen:

Ehemann muss sieben Jahre in Haft

In einem Waldstück an der Hammacher Brücke war die Leiche gefunden worden.

»Hagen/Münster. Zwei Jahre nach dem Fund einer skelettierten Frauenleiche an der Hammacher Straße im Lennetal ist ein Mann aus Dülmen am Mittwoch zu sieben Jahren Haft verurteilt worden. Er soll seine Frau getötet haben. Trotz aller Unschuldsbeteuerungen des 47-Jährigen waren die Richter am Schwurgericht Münster überzeugt, dass der Mann seine Frau im Juni 2010 bei einem Ehestreit umgebracht hat.

Die Leiche der Frau war am 11. August 2015 zufällig entdeckt worden. Bis heute ist unklar, wie die Frau zu Tode gekommen ist. Die Richter haben allerdings keinen Zweifel daran, dass die 22-Jährige Opfer einer Gewalttat wurde.

Wichtigstes Indiz ist die Auswertung eines Navigationsgeräts. Damit lässt sich laut Urteil nachweisen, dass der Angeklagte am Tag nach der Tat von der gemeinsamen Wohnung in Dülmen bis zum späteren Fundort der Leiche in Hagen gefahren ist. Die Richter gehen davon aus, dass der Verurteilte sie in seinen Kofferraum gepackt, in den Wald nahe der Autobahn 46 in Hagen gebracht und dort verscharrt hat.

Der 47-jährige Handelsvertreter hatte nach dem Verschwinden seiner Frau behauptet, dass sie Hals über Kopf zu einem Liebhaber in ihre estnische Heimat abgereist sei. Sie habe den Mann über das Internet kennen gelernt.

Die Richter gingen davon aus, dass die Ehe des Paares kurz davor war, auseinanderzubrechen. Deshalb müsse es einen Streit gegeben haben, bei dem der Angeklagte seine Frau angegriffen und tödlich verletzt habe. Eine *direkte Tötungsabsicht sei ihm allerdings nicht nachzuweisen, er wurde wegen Körperverletzung mit Todesfolge verurteilt.«*[*]

»Uff,« dachte sich Kowalski, »der Bericht ist ja ziemlich eindeutig: ja, klar – kein Mord, den kann man ihm nicht nachweisen. Aber Körperverletzung mit Todesfolge auf jeden Fall. That was it, Mister …«

Alles klar, Herr Kommissar?

»Ja, ja, die Tote aus Dülmen,« dachte sich Kowalski, »dann ist ja alles klar, Herr Kommissar …!? Aber warum hat man uns das denn eigentlich auf den Tisch gelegt, wenn alles so klar ist …!?«

Fanny betrat ausnahmsweise mal am späten Vormittag ihr gemeinsames Kellerbüro. Sie hatte wieder sichtbar gute Laune und ein strahlendes Lächeln auf dem Gesicht. Denn sie kam von ihrer neuesten Entspannungsübung, dem Lach-Yoga. Das Wohlfühlen erfolgte dabei über das Motto ›Lachen ist Glück‹.[**]

Schelmisch glucksend fragte sie in den Raum hinein: »alles klar, Herr Kommissar?«

»Hihihi …« kicherte Kowalski zurück.

»Dra de net um, der Kommissar geht um …« summte sie den alten Hit des Wiener Rocksängers Falco von 1982 vor sich hin.

»Jep, Fanny, et is wieder alles klar auf der Andrea Doria,« konterte Kowalski mit Udo Lindenbergs Panik-Orchester von 1973.

»Und sonst so, Kowalski …? Watt macht unser neuer Fall, frisch aus dem Münsterland in unser Hagen geliefert …?« scherzte Fanny weiter.

»Ja, das ist ja man der Clou des Ganzen, was …!? Die absolute Wende in diesem Fall,« fasste Kowalski zusammen, »Erwin Haschke rang sich endlich eine Erklärung ab: ‹ … dass es nämlich alles ganz anders war.‹ Da hat sich der Deutsch-Russe dafür ausgerechnet die Zeit im Sommer 2018 ausgesucht, wo gerade in Russland die Fußball-WM läuft …«

---

[*]   *dpa – ›Totschlags-Prozess gegen Ehemann, nach Leichenfund in Hagen‹, 05.06.2017, in: https://www.wr.de/panorama/nach-leichenfund-in-hagen-totschlags-prozess-gegen-ehemann-id210797899.html*

[**] *Petra Marth – Lachen ist Glück, aus Viactiv, Bochum 2018*

»Ja und, Kowalski,« konterte Fanny, »biste deshalb jetzt verhindert? Weil wieder Fußball-WM ist …!?«

»Tja,« frotzelte Kowalski weiter, »wenn du jetzt noch, liebe Fanny, mit unserm ollen Bandura einen Kasatschok aufs Parkett legst, dann haben wir einen echt russischen Sommer, wonnich …!?«

Da war Fanny ausnahmsweise mal sprachlos.

Das nutzte Kowalski und stellte ihr die Frage, die ihm gerade durch den Kopf ging, als sie ins Büro kam: »Watt meinst du denn, Fanny, warum hat man uns die Akte wohl auf den Tisch gelegt, wenn doch alles so klar ist …!?«

»Ja, wahrscheinlich deshalb, Kowalski, weil es sich um einen Indizienprozeß handelte und der Kerl die Tat ja nie gestanden hat …?«

In ihre Überlegungen hinein klingelte das Telefon auf Kowalskis Schreibtisch. Er hob ab und hörte die Stimme seines Vorgesetzten: »Bandura.«

»Hallo, Chefe,« spann Kowalski den Faden weiter, »gerade haben wir noch von Ihnen und der Fußball-WM gesprochen.«

»Und,« hakte Bandura ein, »guckste WM? Trotz alledem.«

»Klaro, Chefe, warum auch nicht?«

»Na ja, erst wollte ich ja boykottieren. Erinnerste dich, dammals vor fünf Jahren oder so, als es auf einmal hieß: die WM 2018 kommt nach Russland und 2022 nach Katar, per Handstreich. Da dachte doch jeder, das kann doch nicht mit rechten Dingen zu gehen …!?«

»Joh, Chefe, und jetzt kommt noch die Sache mit dem Seppelt dazu, dem die Russen die Einreise verweigern …«

»Hä?« fragte Bandura, »Seppelt, wer ist denn Seppelt?«

»Haste das nicht mitbekommen, Chefe? Hajo Seppelt ist ein deutscher Journalist und durch seine Beiträge zum Thema Doping bekannt geworden. Er trug maßgeblich dazu bei, das russische Doping-System zu enttarnen. Offenkundig hat die Aufdeckung des Staatsdoping-Systems eine so große Tragweite, dass Russland glaubt, solche Maßnahmen ergreifen zu müssen.* Na ja, die Reaktion der Russen ist auf jeden Fall sehr unsportlich, oder …!?«

»Jep, Kowalski, da haste wohl recht. Aber wenn et dann erst losgeht, mit dem Fußball, wenn der Ball rollt, dann gucken wa doch wieder, ne …!?«

»Joh, Chefe, so isset, weil uns dann die Fußball-Spiele interessieren …«

»Genau, Kowalski, dann mal spannende Spiele, wa. Und Tschö.«

---

* fs/sid – ›Russland verweigert Seppelt Einreise‹, in Westfälische Rundschau Hagen, 12.5.18

»Ciao, Chefe.«

Nach diesem Telefonat fasste Kowalski in der aufkommenden Mittagsruhe einen schnellen und spontanen Entschluss: »So, is egal, heute mach ich früher Feierabend, Fanny. Ich geh noch in die Sauna, die verspannten Knochen ein wenig umschmusen lassen. Ciao Fanny, bis morgen.«

»Tschö, Danny.«

Kowalski fuhr zu seinem Fitness-Center Fun-Out in Hohenlimburg, wo er jetzt schon seit sieben Jahren regelmäßig hin ging. In der Sauna des Fun-Outs traf er Mrs. Maya Marple. Diese beklagte sich bitterlich über den Verlust ihres roten Bademantels mit dunkelroten Herzen, den sie als Weihnachtsgeschenk von ihrer Tochter bekommen hatte. Den hatte sie in der Damen-Umkleide-kabine des Fun-Outs vergessen. Als sie später danach fragte, war er weg, von einer anderen Frau mitgenommen. »Wie schlecht die Welt geworden ist …!?«

»Wann war das denn, Maya, als dein roter Bademantel weg gekommen ist?«

»Ist schon ein paar Tage her, Danny. Auf jeden Fall war das in der Zeit, als der Lift zum Fun-Out nicht mehr ging. Denn ich dachte noch: ›ausgerechnet jetzt‹, weil der dicke flauschige Bademantel so was von voluminös war, dass er kaum in meine Sporttasche passte. Und dann damit die steile Treppe hoch zum Fun-Out, puuuhhh ….! Das war wahrscheinlich auch der Grund dafür, dass ich den Bademantel hinterher vergessen hatte. Der passte schlicht und einfach nicht mehr in meine Tasche rein. Und da lag er dann neben der Tasche, und ich hab ihn wohl vergessen …«

Der geklaute rote Bademantel mit dunkelroten Herzen war danach wochen-lang das Thema in der Sauna. Aber eigentlich wurde er Maya ja nicht richtig geklaut, denn sie hatte ihn dort liegen gelassen. Jemand anders hatte ihn mit-genommen, statt ihn als Fundgabe in der Info abzugeben.

Kowalski erkundigte sich dann noch nach Einzelheiten: »Größe …?«

Maya antwortete spontan: »Konfektions-Größe 38.«

»Und welche Marke oder aus welchem Geschäft war der?«

»Aus dem Kaufhof, Danny, aber die Marke weiß ich nicht mehr. Muss ich mal meine Tochter fragen.«

»Und der Stoff, was stand da auf dem Waschzettel?«

Das wusste Maya noch und berichtete stolz: »Aus 100 % Baumwolle.«

»Okay, Maya, wenn ich was erfahre, sag ich dir Bescheid.«

Tja, tja, tja, und wie es sich dann immer so mit den merkwürdigen Paralleli-
täten ergibt ... Denn später stellte sich doch tatsächlich heraus, dass der rote
Bademantel ein Steilmann-Etikett hatte.

IV. Kommissar Kowalski ermittelt

Kommissar Kowalski ermittelt in Hagen

Im Hagener Polizei-Präsidium Hoheleye saß Kowalski an seinem Schreibtisch und grübelte. Die unbekannte skelettierte Leiche von der Hammacherstraße ließ ihm keine Ruhe. Wieder mal beugte er sich über die rote Akte vom Staatsanwalt, die die Aufschrift ›Mari Kirsipuu‹ trug. Das ist und war eigentlich eine normale Angelegenheit, dass die Staatsanwaltschaft die Kriminalpolizei um Aufklärung bittet. Wogegen die Kommissare von der Kripo die grünen Akten vom Gericht eher selten zu sehen bekommen.

Währenddessen erfolgte ein Anruf von der Polizei-Zentrale beim Dezernat Z: »Kowalski hier,« wobei er sofort den Lautsprecher anstellte.

»Ihr sollt mal nach Hohenlimburg kommen, unbekannte weibliche Leiche aufgefunden. Fitness-Center Fun-Out, Schürzenmacherstraße 5.«

»Das kenn ich auswendig, wir sind schon unterwegs,« grinste sich Kowalski in seinen nicht vorhandenen Bart, »come on, Fanny, jetzt lernste mal mein Fitness-Center kennen.«

Sie fuhren von der Hoheleye runter nach Fley, bogen in die Sauerlandstraße rechts ab bis nach Halden, wo sie in der 30er Zone gemächlich durch den Ortskern schlichen. Danach weiter durchs Industriegebiet über die Sudfeldstraße, und von dort rechts in die Dolomitstraße, die dann übergangslos zur Hammacherstraße wurde.

»So, jetzt pass op, Fanny, gleich fahren wir über die Autobahnbrücke. Und direkt rechts dahinter, da guckste mal ganz intensiv hin. Denn genau da wurde die skelettierte Leiche gefunden. Wir können ja auf dem Rückweg von Hohenlimburg hier noch mal anhalten. Dann können wir uns den Auffindungsort der Leiche mal genau anschauen.«

»Okaaaaayyyy …«

Weiter gings bis zur B 7, wo sie links auf die Hohenlimburger Straße fuhren. Nach ein bis zwei Kilometern passierten sie das Ortseingangsschild, blieben aber auf der B 7. Einige hundert Meter weiter bogen sie links in die Schürzenmacherstraße ab, hatten Glück, dass gerade die Schranken des Bahnübergangs hoch waren, rumpelten über die Schienen und waren schon da: ein rot-geklinkertes ehemaliges Fabrikgebäude beherbergte das Fun-Out. Sie sahen schon den blau-weißen Streifenwagen vor dem Eingang stehen und suchten sich selber einen Parkplatz in der Nähe.

Der Aufzug zum Fun-Out-Fitness-Center im 1. Stock des Gebäudes Schürzenmacherstraße stand seit Monaten still. Angeblich wegen Überanstrengung des Motors. Alle Sportler aus dem Fun-Out fragten sich schon seit Monaten, warum der so lange schon nicht mehr funktionierte …?

Am heutigen Tag stand der Aufzug überraschend unten im Parterre. Zuerst dachten die Fitnesscenter-Besucher, dass er womöglich repariert worden war …? Aber die Tür war und blieb geschlossen. Allerdings stand sie einen Spalt offen, durch den man rein linsen konnte. Es sah so aus, als läge da drin eine weibliche Person, womöglich tot …?

Sportkollege Walter Felsheim und sein Kumpel Elmar standen draußen vor der Lifttür und diskutierten, was sie machen sollten. Bei ner Leiche wurde deshalb doch besser mal die Hagener Polizei alarmiert. Die kamen dann auch kurze Zeit später von der Hohenleye angedüst.

So standen Fanny und Kowalski zusammen mit den anderen Neugierigen, die schon seit Wochen den Lift zum Fitness-Center nicht mehr benutzen konnten, im Erdgeschoss vor der Aufzugtür. Durch den Spalt sah man tatsächlich eine blondmähnige Frau in einem roten Bademantel auf dem Boden des Lifts liegen.

Bevor die Aufzugtür geöffnet werden konnte, munkelte Walter: »Wenn da jetzt schon seit Monaten eine Leiche drin rum lag …!?«

Und Elmar unkte zurück: »Boah, fehlt denn hier jemand im Fun-Out …?«

Da die Aufzugstür total verklemmt und verkeilt und deshalb auch nicht zu öffnen war, wurde erst die Feuerwehr gerufen, die aber nix ausrichten konnte. Dann wurde das THW, also das Technische Hilfswerk, mit schweren Gerät angefordert. Die Männer schafften es schließlich, die Lifttür gewaltsam aufzubrechen.

Doch statt einer vermeintlichen weiblichen Leiche fanden sie eine leicht bekleidete Sex-Puppe. Die Leiche im Aufzug entpuppte sich als blond-mähnige Gummi-Sexpuppe, Typ ›Chantal‹. Und sie hatte doch tatsächlich einen roten Bademantel mit dunkelroten Herzen an, sonst nix, Größe 42, und wieder mal mit einem Steilmann-Etikett.

Walter meinte auf seine trockene Art dazu: »Das war bestimmt wieder der Willy, der war doch schon immer so‹ n Scherzbold …!?!«

Kommissar Kowalski ermittelt in Dülmen

Nach diesem merkwürdigen Zwischenfall im Fun-Out fuhr Kommissar Kowalski nach Dülmen, um Erwin Haschke nach Mari Kirsipuu, der in Hagen aufgefundenen Toten zu befragen.

Haschke erzählte gerne. Er selber war ja ein aus Kasachstan stammender Deutsch-Russe, der sich in beiden Sprachen mittlerweile gut verständigen konnte. Deshalb wurde er auch Handlungsreisender für russische Produkte, hauptsächlich Lebensmittel für russische Landsleute oder Deutsche, die gerne russisch aßen oder tranken, bevorzugt Wodka. Sein Bezirk hieß ›Nordwest-Deutschland‹ und bestand aus Schleswig-Holstein, Hamburg, Bremen, Niedersachsen und Nordrhein-Westfalen.

Bereitwillig berichtete er Kowalski von seinen Ausflügen mit Mari zum Burger's Zoo im holländischen Arnheim oder zu den Wildpferden im Merfelder Bruch, auf denen sie heimlich, aber gerne ritt.

Auch Danny Kowalski hatte ein früheres Erlebnis mit den Wildpferden von Dülmen. Das war damals, als er noch Student war und noch kein Kommissar. Er erinnerte sich gut daran, dass er zusammen mit Laufis Holy Flips und einer Gruppe junger Menschen aus Recklinghausen und Herten im November 1974 durch die wabernden Nebelschwaden des Merfelder Bruchs gewandert war. Es war leider auch das allerletzte Mal in seinem wirklichen Leben, dass er seine ›erste Liebe‹ Nicole noch einmal gesehen und gesprochen hatte, drei Jahre nach ihrer Trennung.

Na, jedenfalls hatte sich Erwin Haschke bei seinen ganzen Schwärmereien über seine Erlebnisse mit Mari im Laufe des Gesprächs mit Kowalski in immer größere Widersprüche verstrickt, da er sich nämlich verplapperte und die Tote ›Mimi‹ nannte. Er fühlte sich schließlich dermaßen in die Enge gedrängt, oder war es vielleicht sogar sein schlechtes Gewissen, dass er den entscheidenden Fakt zugab. Nämlich dass die tote Estin Mari Kirsipuu eigentlich eine Finnin war, Mimi Yksimäki aus Kirjokivi. Sie hatte damals keinen Pass, überhaupt keine Papiere mehr, als er sie beim Trampen aufgelesen hatte. Da war er von Schleswig-Holstein über Hamburg auf dem Weg nach Hause in Dülmen.

Haschke erzählte: »Mari war da gerade vor einem Hamburger Zuhälter auf der Flucht. Und ich habe sie bei mir aufgenommen, gepflegt, mich in sie verliebt und ihr von meinem Ersparten ›schwarz‹ eine neue Identität verschafft.«

Kommissar Kowalski ermittelt im Fun-Out

Diese neue Info über die Finnin Mimi Yksimäki aus Kirjokivi ließ Danny Kowalski nicht mehr los. Das hatte sich tief in sein Hirn reingebaggert und rumorte darin herum. Am nächsten Tag grübelte er weiter vor sich her. Er beschloss, seine Ganglien durch etwas sportliche Bewegung auf Vordermann zu bringen: »Ich bin dann mal weg. Ich fahr ins Fitness-Center ›Fun-Out‹. Vielleicht hilft mir das auf die Sprünge …? Hat ja beim letzten Fall Horstel auch geklappt.«

»Tschö, Danny, dann grüß mir die lustigen Aufzug-Leute mit und ohne Sex-Puppe da im Fun-Out,« verabschiedete sich Fanny schmunzelnd.

»Klar, dann kann ich mich auch gleich mal erkundigen, wie es mit dem Aufzug läuft, der monatelang außer Betrieb ist …,« dachte er sich, »ob es jetzt wieder fluppt mit dem Dingen. Und natürlich, ob es was Neues mit der Sex-Puppe gibt, hihihi …«

Na, jedenfalls erschien ein erwartungsfrohes Schmunzeln auf Dannys Gesicht: »Okie-Dokie, genau, das mach ich dann. Und ich könnte natürlich auch mal schauen, ob es da Leute gibt, die was über die ›reisende Leiche‹ wissen …«

Es kam ihm sehr entgegen, dass er mittlerweile in Teilzeit arbeitete. Denn dadurch konnte er sein Sportprogramm im Fitness-Center gut mit seiner Arbeitszeit unter einem Hut bringen. Das würde ihm so oder so gut tun, sich abzurackern und ins Schwitzen zu kommen.

Ihm fiel noch ein, dass er sich demnächst beim Tipp-Treffen im Kaffee-Quadrat auch zusätzlich mal bei seinen früheren Sportsfreunden Werner und Hannes erkundigen könnte, ob die sich an den Fall des aufgefundenen Skeletts aus dem Jahr 2015 erinnern konnten.

Nun denn, da er privat eh dreimal die Woche ins Fitness-Center Fun-Out ging, begann er bei seinen Trainern und Mitsportlern zu recherchieren. Er wollte raus bekommen, ob irgendjemand was über den Fall der aufgefundenen Leiche wusste. Hauptsächlich bei denen, die in Hagen wohnten. Und dieses Mal auch Eddy Condo, den jüngeren Bruder von Carlitos Condo, aber natürlich auch Thomas Lübecker, Carola, Elisa, Ella, HK und Horst. Die ersten, die er ansprechen wollte, waren die Mitglieder des Wirbelsäulen-Gymnastik-Kurses von Elisa Perlbein – eine verschworene Gruppe. Der begann dienstags immer um 10.00 Uhr vormittags. Wie immer vor Kursbeginn saßen einige mit Danny zusammen auf dem Podest vor dem großen Wandspiegel. Sie unterhielten sich locker, was eine gute Gelegenheit für ihn war, Fragen zu stellen. So erkundigte er sich bei Ella Tieffrau, HK und Horst Bleibtreu, wo – also in welchem Stadtteil – sie denn überhaupt in Hagen lebten: Ella in Boelerheide, HK auf Emst und Horst in Dahl. Ella wusste spontan was zu dem Leichenfundort zu berichten:
»Tete-a-Tete,« war der spontane Ausruf der pfiffigen Ella, bevor sie mit einem schelmischen Lachen fortfuhr, »ich fuhr dort mal daher, als ich es plötzlich beben spürte. Vielleicht war es auch nur eine Erschütterung von einem eingefallenen Bergbaustollen? Ich stieg aus meinem Auto aus und bemerkte, dass das Beben von einem grauen VW-Käfer-Export herrührte, der genau an diesem versteckten Waldparkplatz stand. Ich schlich mich von hinten heran und bemerkte, dass der Käfer wackelte und laute Schreie herausdrangen. Da hätte ja wer weiß was passieren können …!? Das kleine Rückfenster war wie alle anderen Fenster auch beschlagen, und durch den Rückspiegel konnte ich auch nichts erkennen. Da öffnete sich die Beifahrertür und ein Frauenfuß kam heraus. Eine weibliche Stimme schrie: ›Komm raus, komm raus!‹ Danach öffnete sich die Fahrertür und ein total strubbeliger junger Mann stieg aus, worauf sie rief: ›Wie siehst du denn aus?‹ Eine Männerstimme antwortete: ›Knöpf dich erst mal zu.‹ Die zarte Frauenstimme: ›Kann noch nicht, meine Hände zittern so.‹ Der junge Mann schwärmte: ›Dein Körper ist wunderbar … Am liebsten gehen wir gleich wieder rein.‹ Sie antwortete resolut: ›Das geht

nicht. Ich muss jetzt nach Hause.‹ Nachdem ich mich vorsichtig zurückge-schlichen habe und mich umdrehte, sah ich, dass die beiden jungen Leute ihren Wagen dort raus schoben. Sie hatten sich da wohl fest gefahren, die Armen. Ja ja, das war wohl ne Stelle für solche, die keine bessere Gelegenheit zum Schmusen hatten. Oder zu Hause nicht durften …?«

»Ja, das kenn ich,« warf Danny ein, »dammals in den 70er Jahren, da bin ich auch mal mit ner Freundin zum Schmusen zu so ner verwunschenen Stelle in der Nähe von Recklinghausen gefahren. Die hieß ›Pink Floyd‹, weil das jemand dort auf einen großen Felsen geschrieben hatte. Und irgendwann merkten wir, dass wir da alleine nicht mehr raus kamen. Nicht mit Fahren und nicht mit Schieben. Da mussten wir zu einem nahegelegenen Bauern, der aber nicht zu Hause war. Dafür hat uns dann dessen jugendlicher Sohn mit nem Trecker rausgezogen. Hat auch geklappt, und er hatte dann nen Fünfer von mir als Dank bekommen.«

Bei HK war es ähnlich wie bei Ella: »Ja, dammals hatte ich da im Industrie-gebiet gearbeitet. Da kam ich dann auch immer an der Hammacherstraße vorbei. Dort sah ich die Autos öfters in dieser Waldweg-Einfahrt stehen. So wie da oben an der Schwerter Straße, da steht ja auch immer so ne mobile Freudenhaus-Station am Straßenrand.«

»Jop, die kenn ich,« meinte Danny, »da hab ich mal ne Thailänderin neben dem Camping-Wagen auf der Decke sitzen sehen und telefonieren. Natür-lich in Thai. Nix verstehen, aber die thailändische Sprachmusik hab ich erkannt … Aber zurück zur Hammacherstraße, HK. Was haste denn da gedacht?«

»Ja, Straßenstrich,« spielte er süffisant auf die von Büschen und Bäumen versteckte Stelle an, wo immer die Autos rum standen.

Bei Horst war es anders. Da er in Dahl wohnte, kam er immer über Holt-hausen zum Fun-Out. Er kannte weder die Hammacherstraße, noch hatte er von der gefundenen skelettierten Leiche etwas gehört, musste er mit einem trotzdem freundlichen Grinsen im Gesicht bedauern: »Das hab ich noch nicht einmal aus der Zeitung erfahren.«

Bevor Kowalski jedoch weiterforschen konnte, wurde er zusammen mit seinen Mitsportlern und -Sportlerinnen eine ganze Stunde lang von Fitness- und Gesundheits-Coach Elisa Perlbein trainiert, der Übungsleiterin des Rücken-Kurses. Trainiert oder getriezt: geschüttelt oder gerührt, oder vielleicht besser ›verwöhnt‹. Schließlich kamen sie alle freiwillig dorthin. Auch wenn Elisa mal eine Stunde Thera-Band-Übungen mit ihnen machte. Denn das brachte ihnen allen am nächsten Tag einen ordentlichen Muskelkater. Danny fühlte sich noch am gleichen Abend ziemlich gerädert. Elisa brachte immer mal wieder ein Späßken rein, und die Teilnehmer hatten sowieso Spaß. Dann klemmten sie zusammen die ›Perle‹ in ihrem Bauchnabel ein, zogen ihren Schopf am fiktiven Gummi-Band hoch, zentrierten sich und richteten sich aus, indem sie alle ihre Knie ›entriegelten‹, in den Füßen die drei Komponenten aus Großzeh-Bein, Kleinzeh-Bein und Ferse spürten und wie Shakira mit den Hüften wackelten und ein Enten-Fürtchen machten …

Am Schluss der Übungsstunde gingen sie noch mal alle in den Vierfüßler-Stand und machten abwechselnd einen Katzenbuckel und einen Pferde-Rücken, auf dass sie alle frisch und durchgenudelt in den neuen Tag ›hinein reiten‹ konnten. Anfangs hatte Danny am Tag nach Elisas Rücken-Trainingsstunde immer einen Muskelkater gehabt, aber inzwischen hatte er sich daran gewöhnt. Trotzdem war er abends dann immer gut geschafft.

Nach dem Rückenkurs fragte er Elisa nach ihrer Erinnerung an den Fall: »Kannst du dich denn eventuell an die in Hagen 2015 gefundene Leiche erinnern?«

»Nee, fehlt denn jemand hier?« kam die prompte Antwort.

»Hihi, aber Spaß beiseite. Kennst du denn die Hammacherstraße?«

»Nee, die Straße kenn ich nicht. Und an ne gefundene Leiche kann ich mich auch nicht erinnern. Wo soll das denn gewesen sein, Danny?«

Er erklärte es ihr in etwa geographisch: »Da in der Nähe vom Gut Herbeck.«

»Nee, das kenn ich gar nicht.«

Aber Elisa hatte dann doch noch einen Tipp für Danny: »frag doch mal die Carola Guttal. Die ist doch Hagenerin. Vielleicht weiß die ja was über diesen Fall …?«

Danny ging anschließend immer in die Sauna, um seine gerädeten Knochen und Sehnen zu erwärmen und zu beschmusen. Dort traf er Mrs. Maya Marple, die sonst auch immer bei Elisa im Rückenkurs mitmachte. Die kleine zierliche Maya mit den blonden Locken wohnte in Letmathe. Sie kannte sich überhaupt kaum in Hagen aus, kannte weder die Hammacherstraße noch hatte sie je was von dieser gefundenen Leiche gehört: »So was steht ja dann auch nicht bei uns in der Iserlohner Zeitung.«

»Und, schon was Neues über deinen roten Bademantel gehört, Maya?«

»Nee, der bleibt wohl leider verschütt …«

Interessant war ja, dass anscheinend der Fall mit der ›reisenden Leiche‹ doch mehr ein lokales Ereignis war. Denn Kowalski befragte mit Elisa und Maya zwei Personen, die keine Ur-Hagener waren. Die kleine drahtige Sportlehrerin Elisa hatte ihr ganzes Leben in Wiblingwerde verbracht, was nicht sehr weit von Hagen entfernt lag. Und Maya wohnte in Letmathe-Stübbeken. Beide kannten weder die Hammacherstraße, noch hatten sie was von diesem Leichenfund von 2015 gehört.

Nach der Sauna traf Danny auf der Trainings-Fläche den jüngeren der beiden philippinischen Condo-Brüdern.

»Mabuhay, Eddy,« grüßte Danny den Sport- und Fitness-Kaufmann Eddy Condo freundlich, »ich habe da mal ne Frage zu einem Fall, an dem wir gerade arbeiten. Du wohnst doch immer noch in Boele?«

»Ja, Danny, stimmt.«

»Dann fährst du doch bestimmt auch immer durch das Industriegebiet hierhin zum Fun-Out?«

»Ja, mach ich.«

»Und dann kennst du auch die Hammacherstraße?«

»Ja, klar, die kenne ich.«

»Da war doch direkt hinter der Brücke über die Autobahn immer so ein Waldweg …?«

»Ja, da kann ich mich gut dran erinnern.«

»Und haste da auch schon mal Autos stehen sehen?«

»Ja, ab und zu mal.«

»Und was haste dir dazu gedacht?«

»Na, dass es wohl Spaziergänger oder Wanderer waren, die da ihr Auto abgestellt haben.«

»Aha, und dann haste bestimmt auch was von der dort im Jahre 2015 gefundenen Leiche gehört?«

«Nee, nie was von gehört. Und warum fragst du das überhaupt?«

»Na ja, du weißt doch, dass ich bei der Hagener Kripo arbeite. Und da sind wir gerade an dem Fall mit der 2015 gefundenen skelettierten weiblichen Leiche dran.«

»Aha, nee, da kann ich wohl nicht bei helfen.«

»Na gut, dann war das jetzt alles, was ich fragen wollte, Eddy, und ciao-ciao.«

Beim nächsten Mal im Fun-Out begab sich Danny nach dem Umziehen auf die Trainings-Fläche, um seine zehn Übungen zu absolvieren, die ihm Carlitos zusammengestellt hatte. Dort traf er zufällig Carola Guttal. Die schlanke, hoch aufgeschossene Gymnastik-Lehrerin mit den langen blonden Haaren managte als Club-Leitung nicht nur den sportlichen Bereich schon jahrelang und souverän, sondern war auch immer hilfsbereit.

»Carola, du weißt vielleicht ja auch was zu meinem Fall mit der Leiche aus Dülmen? Aber erst mal vorab: in welchem Stadtteil wohnst du eigentlich in Hagen?«

»Also, Danny, ich wohne immer noch im Stadtteil Emst.«

»Ach so, dann kennst du die Hammacherstraße vielleicht gar nicht?«

»Doch-doch, die kenne ich vom Joggen und auch vom Autofahren,« erwiderte sie.

»Und kennst du dann diese Stelle direkt hinter der Autobahnbrücke, wo so ein Waldweg begann?«

«Mag sein … «

»Hast du denn da auch schon mal Autos rumstehen sehen,« fragte Kowalski.

»Weißt du, wenn ich Auto fahre, dann schau ich nicht links oder rechts, sondern nur gerade aus.«

»Ja, ist schon klar. Hast du denn überhaupt was von der aufgefundenen Leiche aus Dülmen gehört?«

»Nee, hab ich nicht.«

»Okay, und danke dir, Carola, dass du mir meine Fragen beantwortet hast.«

»Viel konnte ich dir ja nicht helfen.«

»Ja, so ist das Leben halt. Deshalb sollst du ja auch nix erfinden.«

»Na, dann mach es gut, Danny.«

»Sag mal, Carola, ist der Thomas Lübecker heute auch da?«

»Nee, aber du kannst den Thomas nächste Woche befragen. Dann wird er wieder zurück sein.«

»Okay, also vielen Dank noch mal, Carola. Ciao bis dann.«

Nach dem Fitness-Sport zu Hause angekommen, besprach Danny den Fall mit seiner Moni, denn Kollegin Fanny machte gerade einen Tai-Chi-Kurs und glänzte durch Abwesenheit: »Sach mal, Moni, kannst du dich noch an die skelettierte Leiche erinnern, die vor Jahren in Hagen gefunden wurde? Da haben wir doch damals drüber gesprochen.«

»Ja, klar, jetzt wo du es sagst. Und was ist damit?«

»Du glaubst es nicht. Jetzt hab ich den Fall auf dem Tisch.«

»Oje, was sollst du denn da jetzt machen? Und wo war das noch mal genau?« hakte Moni nach.

»Die Leiche wurde an der Hammacherstraße gefunden. Die kennst du doch bestimmt auch?«

»Ja, klar, vom Weg zum Fun-Out, an Gut Herbeck vorbei …«

»Kennst du dann auch die Stelle hinter der Autobahnbrücke mit dem Waldweg?«

»Jop, die kenne ich.«

»Und hast du da früher auch mal Autos hinter den Büschen stehen sehen?«

»Ja klar, da standen öfters welche. Weiß der Teufel, warum?«

»Ja, was hast du dir denn dabei gedacht, wenn da Autos standen?«

»Na, vielleicht machte da jemand Mittagspause …? Oder Spaziergänger mit Hunden vielleicht, die dort ihr Auto parkten …?«

»Interessant, das mit der Mittagspause, das war früher auch so mein erster Gedanke: also Handlungsreisende, die ein stilles Plätzchen suchten, um etwas auszuruhen …«

Apropos Ausruhen, da nahm er dann das Angebot ihrer schwarzen Katze Lilli an, die ihn mit einem Müffchen auf dem Tibeter-Teppich dazu aufforderte, sie zu streicheln. Mit der weichen Katzenbürste wurde sie dann von Danny dermaßen durchgestriegelt, dass sie sich vor Behaglichkeit ›einen Wolf‹ schnurrte. Das genoss sie sichtlich. Danny war ja früher eher ein ›Frauenflüsterer‹, der gerne seine Freundinnen streichelte, was denen immer super-truper-gut gefiel. Zum Kätzchen-Streicheln kam es erst in den letzten Jahren. Aber anscheinend hatte er den Bogen raus. Lilli war ja eine weibliche Katze und ließ sich in der letzten Zeit am liebsten von Danny streicheln, ihrem ›Papa Dosi‹, also der, ›der die Dose mit Katzenfutter öffnete‹, hihihi … Für beide war es eine Win-Win-Situation: Danny streichelte das Kätzchen und Lilli ließ es sich beim ›Krauli‹ richtig gut gehen. Dabei tuschelte Danny leise mit ihr, wie es so seine Art war: »Na, Lilli, du kennst bestimmt die Leiche von der Hammacherstraße auch nicht …!? Denn das war ja auch ne Skandinavierin, allerdings ne finnische Frau. Die Finnen haben es ja eher mit den Esten und den Russen. Na ja, du bist ja auch ne Skandinavierin, also ne Halb-Norwegerin. Und die, die haben es ja mehr mit den Dänen. Aber ist ja auch viel besser so, dass du diese Burschen aus Estland und Russland nicht gekannt hast, was …!?«

Schließlich traf Danny dann doch noch Thomas Lübecker im Fitness-Center, obwohl der große schlanke Geschäftsführer des Fun-Outs immer so viel auswärts zu tun hatte und deshalb nur schlecht zu erwischen war. Er wohnte im Hagener Stadtteil Berchum. Deshalb kam er ja immer von der anderen Seite nach Hohenlimburg, trotzdem kannte er die Hammacherstraße. Aber von dem Leichen-Fund 2015 hatte er weder gehört, noch wusste er irgend etwas über diesen Mordfall.

Danny lief zum Warmwerden immer 10 Minuten auf dem Laufband. Sehr häufig lief die Sportkameradin Uta neben ihm auf dem Band, die er durch seine Frau Moni im Fun-Out kennen gelernt hatte. Da fiel ihm ein, dass Uta doch in der Hammacherstraße wohnte: »Sag mal, hast du denn eigentlich was von der Leiche gewusst, die da bei euch in der Nachbarschaft gefunden wurde?«

»Ja, klar, aber noch mehr weiß darüber mein Mann Bescheid, der ist sozusagen Spezialist dafür …«

»Boah, echt? Das ist ja super, den werde ich dann mal fragen. Wann kommt der denn immer so hierhin?«

»Mittags, so wie ich.«

»Ach, ist er jetzt denn auch hier?«

»Nee, heute nicht.«

»Na gut, dann grüß ihn schon mal.«

Eine Woche später traf Danny dann tatsächlich Uta mit ihrem Mann, Heinrich Friedl, an den Laufbändern. Die beiden wohnten im Hagener Ortsteil Herbeck in der Siedlung Hammacher an der Hammacherstraße. Der Name dieser Siedlung stammt daher, dass da früher die Hammer-Macher arbeiteten.

Heinrich war sehr nett und hilfsbereit. Er gab bereitwillig Auskunft darüber, was er mit der aufgefundenen Leiche von 2015 zu tun hatte. Denn er war ein ehemaliger Mitarbeiter vom WBH, also Wirtschaftsbetriebe Hagen, wozu auch das Hagener Grünflächenamt gehört. Er ist zwar schon seit 2013 pensioniert. Trotzdem nahm er bei der Gerichtsverhandlung in Münster 2017 gegen den angeklagten Ehemann der in Hagen aufgefundenen Leiche teil. Denn er war genau der Mitarbeiter des Grünflächenamtes, der veranlasste, dass 2012 die Felsbrocken aus Grauwacke da abgelegt wurden, wo später die Leiche gefunden wurde. Das Gericht in Münster wollte durch seine Befragung herausfinden, ob die Felsbrocken schon da waren oder ob sie erst später dort hingelegt wurden, nachdem die Leiche dort deponiert wurde.

Wogegen der eigentliche Grund für die damalige Platzierung der Felsbrocken war, dass da immer wieder wild Müll deponiert wurde.

»Ja, das war so,« erzählte Heinrich, »eigentlich wurde die skelettierte Leiche von einem Mitarbeiter des NABU's gefunden, denn die Fundstelle gehört zu deren beaufsichtigten Schutzgebieten. Dazu solltest du mal bei der Bio-Station im Haus Busch den Herrn Grünbar befragen.«

»Gute Idee, Heinrich, das werde ich auf jeden Fall machen.«

»Ich war ja so ein bisschen involviert – in diesen merkwürdigen Totschlagfall,« führte Heinrich weiter aus, »der Täter aus Dülmen, der wurde letztlich deswegen überführt, weil die Daten seines Navis auch Jahre später noch abrufbar waren …«

»Klar,« erinnerte sich Danny, »das mit seinem Navi, das habe ich in der Prozessakte gelesen. Das war echt nen Dingen, was …!?«

»Ja, wirklich, denn dadurch wurde er letztlich überführt, weil sein Wagen am Leichen-Fundort gewesen war.«

»Und wie war das so – bei der Verhandlung, Heinrich … was war das so für ein Typ, der Angeklagte …?«

»Na, also wirklich,« antwortet Heinrich Friedl, »beim Täter aus Dülmen, da handelte es sich um einen unauffälligen und unscheinbaren Mann, der in keinster Weise wie ein Gewaltverbrecher aussah.«

»Na ja,« sprach Kowalski aus langjähriger Erfahrung, »so was sieht man ja einem Täter auch nicht gerade an … Aber was anderes, Heinrich, das würde mich jetzt mal interessieren. Wurde denn bei der Verhandlung eigentlich herausgefunden, warum der Täter aus Dülmen im Münsterland die Leiche ausgerechnet 100 km weiter südlich in Hagen ›entsorgt‹ hatte …?«

»Nee, das weiß ich auch nicht,« erklärte Heinrich, »das kam in dem Teil der Gerichtsverhandlung, bei dem ich dabei war, nicht vor.«

Zusammen versuchten die beiden dann noch die Theorie der Hagener Kripo zu rekonstruieren:

›2010 wurde die Leiche aus Dülmen in Hagen entsorgt. Erst danach, etwa so 2012, wurden die Grauwacke-Felsbrocken dort hingelegt, ohne dass dabei die Leiche entdeckt wurde. 2015 wurde die Leiche gefunden, Jahre nachdem die Felsbrocken dort aufgestellt worden waren. Denn es dürfte kein Täter so kaltblütig sein, das Auto vor den Felsbrocken zu parken, um sich dann dort einer Leiche zu entledigen. Also muss wohl die Leichen-›Entsorgung‹ noch aus der Zeit vor den Grauwacke-Felsbrocken stammen, als Autos in den Weg reinfahren konnten, um leicht versteckt von Gebüsch dort zu stehen … ‹*

Insgesamt ergaben Dannys Recherchen im Fun-Out für ihn allerlei interessante Anknüpfungspunkte. Er rief zunächst mal den Herrn Grünbar bei der Bio-Station im Haus Busch an. Der sagte ihm: »ja, stimmt, 2015 hat ein Arbeitertrupp von unserer Bio-Station hier im Haus Busch bei einem Pflegeeinsatz eine skelettierte Leiche gefunden. Es war die benachbarte Fläche neben der Autobahn A 46 nach Iserlohn, Zugang von der Hammacherstraße, hinter der Brücke.«

»Und wie kam es denn wohl, dass auf einmal der Schädel frei zu sehen war? In der Zeitung stand was davon, dass es in der Nacht vorher stark geregnet hat, und somit der Schädel frei geschwemmt wurde …«

»Nein, das glaube ich nicht, denn es hat ja in den fünf Jahren, in denen die Leiche dort lag, schon öfters mal stark geregnet. Ich gehe eher davon aus, dass die Freilegung der Leiche durch Wildtiere verusacht wurde, wie zum Beispiel Wildschweine. Aber ansonsten sollten Sie mit unserem Herrn Thorsten Schütze Kontakt aufnehmen. Das ist der damalige Vorarbeiter, der mit den vier Bufdis* 2015 die skelettierte Leiche an der Hammacherstraße gefunden hat. Die Bufdis wechseln ja jährlich, aber Herr Schütze ist immer noch dabei.«

---

* Bufdis oder auch Bundesfreiwillige sind Männer und Frauen, die sich im Bundesfreiwilligendienst, oder auch BFD, für das Allgemeinwohl engagieren, besonders im sozialen, ökologischen und kulturellen Bereich. Das waren quasi die Nachfolger der ZDL'er oder Zivildienstleistende, was Danny Kowalski selber 1971/72 gemacht hatte.

»Okay, wann und wo erreiche ich den Herrn Schütze denn?«

»Versuchen Sie es ab 16.00 Uhr, dann kommt er immer mit den Bufdis zurück vom Außendienst.«

Jedenfalls hatte Herr Schütze 2015 zusammen mit vier Bufdis Pflegearbeiten an der Hammacherstraße gemacht, damit in diesem Bereich die Büsche viele Beeren für die Vögel tragen. Als Kowalski nach einigen Tagen Herrn Schütze endlich telefonisch erreichte, bekam er von ihm bereitwillig Auskunft über den Leichenfund: »Ja, das war so: wir waren da neben der Hammacherstraße mit Rasenschneiden beschäftigt. Das machen wir dort einmal pro Jahr. Obwohl wir dort schon öfters mal waren, ist uns vorher nie was Besonderes aufgefallen. Aber 2015 lag dann da auf einmal ein Schädel, mit dem Hinterkopf im Laub und mit dem Gebiß nach oben. Der Schädel war eingegilbt. Es stellte sich ja auch im Nachhinein heraus, dass die Leiche dort schon circa 5 Jahre gelegen hatte. Erst dachten wir gar nicht an eine menschliche Leiche, da wir bei Pflegearbeiten in der Natur öfters schon mal Skelett-Teile gefunden hatten, dann aber von Tieren.«

»Woran haben Sie denn erkannt, dass es ein menschlicher Schädel war?«

»Das war sofort klar, denn der Schädel hatte einen Goldzahn im Gebiss. Übrigens, wir fünf Mitarbeiter bekamen wegen des Leichenfundes danach die Gelegenheit, mit einem psychologischen Dienst zu sprechen. Das ist wohl so ein übliches Verfahren, wenn man dienstlich eine Leiche findet. Das haben wir dann wohl auch gemacht. Aber es hat sich herausgestellt, dass es doch eigentlich nicht nötig gewesen war.«

»Und was ich Sie abschließend noch fragen wollte. Sie waren doch bei der Verhandlung in Münster auch als Zeuge geladen?«

»Ja, stimmt, in Münster war ich auch dabei.«

»Und wie war das so? Wie hat sich denn der Angeklagte zu seiner Tat geäußert?«

»Der hat gar nichts gesagt. Und wenn er sich doch geäußert hat, dann nur über einen Dolmetscher. Er soll wohl ein Russe sein ...?«

Kommissar Kowalski ›ermittelt‹ in Finnland

Die überraschende Aussage von Erwin Haschke, dass die Estin Mari in Wirklichkeit eine Finnin namens Mimi war, hatte Kowalski nicht mehr losgelassen. Denn diese Sache mit Finnland erinnerte ihn an etwas, an etwas ganz Bestimmtes vor langer langer Zeit ...

... es war damals, als er noch bei den JuCops arbeitete.

Die ›JuCops‹ bei der Polizei Hagen, also die jungen Kripo-Mitarbeiter in ihren ersten vier Dienstjahren, hatten ihre Büros im 4. Stock des Polizei-Präsidiums Hoheleye. Für diese Sondertätigkeit wurden nur junge Beamte unter den jüngeren Polizeibeamten ausgewählt. Die JuCops sollten die Zusammenarbeit u.a. im Bereich Jugendschutz mit den Mitarbeitern des Jugendamtes erleichtern.

Sie führten zusammen mit Jugendamts-Kollegen/Innen, Bezirks-Jugendpflegern/Innen und Jugendzentrums-Leitern/Innen sogenannte Jugendschutzmaßnahmen durch, zogen zum Beispiel nachts durch die einschlägig bekannten Kneipen und Discos, besonders an Wochenenden: da wurden Altersgrenzen oder ungesetzlicher Alkohol-Ausschank an zu junge Teenies überprüft.

Sie führten aber auch gemeinsame Jugendaustausch-Programme mit Hagens ausländischen Partnerstädten durch, wie das französische Montlucon oder das finnische Kouvola, letzteres so geschehen im November 1987.

So hatte also Danny Kowalski 1987 eine Dienstreise nach Kouvola in Finnland, zusammen mit anderen Hagener Vertretern aus dem städtischen Jugendfreizeit-Bereich, wie Werner Sperling und Lia Böchterbeck und von der Jugendpflege JV Meyer, der eigentlich Jens-Volker Meyer hieß. In Kouvola wohnten sie am Stadtrand an einem See in soliden Holz-Blockhütten auf dem lokalen Camping-Platz. Der hatte übrigens einen Campingplatz-Hund mit dem auffälligen Namen Eta, nach der separatistischen baskisch-nationalistischen Untergrundorganisation ETA benannt.

In dieser Woche in Finnland hatten sie auch eine Nacht in Kirjokivi verbracht. Bei einer gemeinsamen Feier mit den deutschen und finnischen Jugendlichen und auch den finnischen Jugendzentrumsleitern und –leiterinnen lernte Danny Okka Yksimäki kennen, die aparte Hausdame von Kirjokivi

Manor. Da Dannys Kollege Werner für diesen Abend ›in der Wildnis‹ eine Flasche Schnaps mitgeschmuggelt hatte und diese für die Erwachsenen auf den Tisch haute, war der spätere Abend eine lockere Veranstaltung geworden. Die Finnen hatten da so eine Art internationalen Karaoke-Abend aufgezogen, bei dem jeder ein Lied seiner Wahl vortragen sollte. Okka sang ein schönes finnisches Volkslied mit tragender Melodie, was Danny im tiefsten Inneren rührte. Danny sang den 1960er Schlager ›Ohne Krimi geht die Mimi nie ins Bett‹ von Bill Ramsey. Damit kam er gut an. Denn obwohl Danny – laut Aussage seiner Volksschul-Klassenlehrerin – eigentlich ja gar nicht singen konnte, war er selber um so erstaunter, dass er den Schlager ›Ohne Krimi geht die Mimi‹ von vorne bis hinten runter sang: textsicher, mit der Betonung an den richtigen Stellen und sogar ein bisschen den amerikanischen Dialekt von Bill Ramsey imitierend.

Später machten sie bei der Feier mit Tanzen weiter. Okka schnappte sich diesen ›singenden‹ Spaßvogel und ließ ihn an diesem Abend nicht mehr los. Sie zog ihn in der Nacht in die Sauna hinter dem Manor, wo sie sich liebten, lange und leidenschaftlich. Es waren ja die 80er Jahre: da gab es noch kaum die Skepsis und große Angst, die in den 90ern wegen AIDS unter den jungen Leuten herrschte. Wer sich mochte oder gar liebte, hatte gerne Sex miteinander, wenn es denn einvernehmlich geschah.

Am nächsten Tag beim Abschied musste er Okka den Text des Liedes ›Ohne Krimi geht die Mimi‹ aufschreiben, was sie dann in der nächsten Zeit immer gerne sang. Auch ein Jahr später, als sie 1988 ihre kleine Tochter bekam. Der hatte sie dieses Liedchen immer wieder vorgesungen oder vorgesummt. Kein Wunder, dass Okka ihre Tochter Mimi nannte, obwohl das eigentlich kein finnischer Mädchenname war.

Mimi hätte das Ergebnis einer seltsamen Fügung von erotischer Verstrickung sein können, bei der Danny Kowalski mit der attraktiven blonden Finnin Okka Yksimäki einen One-Night-Stand hatte.

Kowalski kombinierte: »da Mimi 1988 geboren wurde, wäre sie 2018 dreißig alt.« Er erinnerte sich an die Zeitfolge der Ereignisse in Hagen und Dülmen: »die skelettierte Leiche wurde im August 2015 in Hagen gefunden. Später stellte sich heraus, dass es sich hierbei um die seit Juni 2010 vermisste Mari K. aus Dülmen handelte. Der Ehemann der damals 22 Jahre alten Frau hatte sie im August 2010 bei der Polizei als vermisst gemeldet.« Er rechnete weiter:

»Mimi wäre 2010 ebenfalls 22 Jahre alt gewesen, also könnte sie theoretisch die Vermisste gewesen sein.« Das erleichterte ihn nicht gerade. Er wusste nicht, ob er überhaupt Vater war. Und jetzt kam auch noch die vermisste Frau aus Dülmen ins Spiel. »Das könnte ja noch schlimmer werden, was …!? Dann müsste er womöglich zum Abgleich mit der skelettierten Leiche einen DNS-Test machen und würde wegen Befangenheit von diesem Fall abgezogen …!?«

So oder so wollte Danny Kowalski es genau wissen. Er dachte sich:»Mann-Mann, ach, versuch es einfach mal. Vielleicht lebt Okka ja noch in Kirjokivi, obwohl seit damals über 30 Jahre vergangen sind? Ja, vielleicht arbeitet sie sogar noch in dem Guesthouse?« Er wollte nämlich nach Finnland, vor Ort bei Okka Yksimäki nachfragen. Aber dienstlich hätte er dort im Ausland nie und nimmer ermitteln können. Also kam er auf die glorreiche Idee, anderweitig hinzufahren, nämlich privado. Er reichte kurzfristig bei seinem alten Chefe Bandura einen Urlaub für eine Woche ein, den der ihm auch bereitwillig bewilligte. Der aktuelle Fall erforderte zur Zeit keine Ermittlungen. Denn der Ehemann der Toten war verurteilt und saß bereits im Knast. Kowalski hatte eh noch genug alten Urlaub vom letzten Jahr über, den er sowieso mal nehmen sollte. Er fuhr also die alte Strecke von 1987 dreißig Jahre später noch mal ab: mit dem Zug nach Lübeck, von dort mit der Fähre nach Turku, weiter mit dem finnischen Zug nach Kouvola. Dort nahm er den Regionalzug nach Kirjokivi. Unangemeldet stieg er an dem roten Holzbahnhof-Häuschen aus, lief die paar Hundert Meter zum Kirjokivi Manor zu Fuß, ging die Eingangstreppen hoch und begab sich in den Küchentrakt im Erdgeschoss. Dort hörte er sie schon summen, das alte Lied von Bill Ramsey, ›Ohne Krimi geht die Mimi nie ins Bett …‹. Okka war also wieder bestens gelaunt. Das machte sich Danny zunutze, schnippte erst leise mit den Fingern mit, und stimmte dann plötzlich mit ein: « … keinen Goethe, keinen Schiller, holt sie aus dem Schrank heraus, neeeeiiiinnn, einen zum Verhaften sucht sich Mimi aus …«. Da war die Überraschung aber riesig, Okka drehte sich um, strahlte über das ganze Gesicht, kam auf Danny zugeschossen und umarmte ihn herzlich:»Oh, Danny, bist du es wirklich …!?« »Jop, wer denn sonst?« Schnell hatte sich die alte Vertraulichkeit von früher mit ihrer beider angeborenen guten Laune und Good Vibrations eingestellt und sie saßen beim Kaffee am Küchentisch und erzählten sich was …

»Aber Danny, jetzt sag mal, was machst du hier? Weshalb bist du hier plötzlich aufgetaucht?« Mit einem traurigen Gesicht berichtete er von der in Hagen gefundenen Leiche einer jungen Frau, die sich erst als Mari Kirsipuu, dann aber wahrscheinlich als Okkas Tochter Mimi entpuppte. »Ja, Danny,« entgegnete Okka ernst, »das wurde mir leider schon berichtet, dass meine Tochter Mimi wahrscheinlich nicht mehr lebt. Erst war sie jahrelang verschwunden, galt schon als vermisst, und dann bekam ich den Anruf vom Reichskriminalamt in Helsinki, dass ich zu meiner Tochter Mimi Personalangaben machen sollte. So richtig glauben tat ich das ja immer noch nicht …« »Ja, schau mal, Okka,« womit Danny das Foto von Mari Kirsipuu aus der Dülmener Wohnung aus seiner Mappe zog, »das hier, das war sie. So sah sie wohl aus …« Okka schaute lange auf das Farbfoto mit der hübschen blondmähnigen jungen Frau: »Ja, das ist sie, so sah meine Mimi aus. Sie war so ein fröhliches Kind und so ein aufgewecktes junges Mädchen gewesen … Schade, dass du sie nie kennen gelernt hast.« »Übrigens, liebe Okka, als wir uns damals geliebt hatten, dort in der Sauna … Kann das die Zeugung von Mimi gewesen sein?« »Ach, du Dummer, nein, nein, du warst nicht ihr Vater. Das war ein echter Finne, der Sauna-Bauer Jukka Tollonen. Den hab ich erst ein Vierteljahr später als dich hier kennen gelernt, im Winter 1988. Und im November 1988 ist Mimi geboren. Warte, ich hole dir ihre Geburts-Urkunde. Die musste ich ja noch vor kurzem den Kripo-Leuten aus Helsinki vorzeigen.« Sie holte aus dem Nebenraum einen Hefter, blätterte darin und zeigte Danny die Geburtsurkunde von Mimi: »Da steht's – geboren am 25. November 1988. Mutter: Okka Yksimäki. Vater: Jukka Tollonen. Und du warst im November 1987 hier, das hätte ja dann wohl schlecht gehen können, was …!? Ein ganzes Jahr Schwangerschaft. Ich bin doch keine Elefantin …«

Da war Danny aber sehr erleichtert, dass er nicht Mimis Vater gewesen sein konnte. Andererseits war seine Berechnung von Mimis Alter ja auch gar nicht so schlecht gewesen, er hatte ziemlich gut gerechnet, aber knapp daneben getroffen: »*2015 gefunden worden, 2010 verscharrt, 2008 nach Dülmen zu Erwin Haschke gekommen, davor zwei Jahre ab 2006 unterwegs gewesen. Quasi vom 18. Geburtstag an, also geboren worden 1988. Da er und Okka 1987 Sex miteinander gehabt hatten, hätte es ja fast sein können, aber auch nur fast …*«

Jetzt war er beruhigt und konnte sich entspannen. Aber bis zu seiner Rückreise nach Deutschland hatte er noch drei Tage Zeit. Die wollte er gleich hier mit Okka verbringen. Sie arbeitete auf ihre alten Tage ebenfalls in Teilzeit und konnte sich deshalb ihre Freizeit großzügig einteilen. Sie hatte auch gleich eine Idee: »Danny, wir haben im Manor inzwischen ein Zweier-Wanderkajak für die Gäste. Im Moment ist hier nicht viel los, da können wir das nehmen. Hast du nicht Lust auf eine kleine Tour?«

»Super Idee, Okka, ich hab schon lange nicht mehr gepaddelt,« freute sich Kowalski auf die ungeplante sportliche Herausforderung. Es war ja auch alles so praktisch, das Haus direkt am See.

»Komm, Danny, ich zeige dir dein Zimmer. Dann kannst du dich etwas frisch machen. Ich werde uns ein Picknick zusammen stellen. Dann können wir gleich lospaddeln.« Gesagt – getan.

Und so erlebte Kowalski noch ein paar schöne Urlaubstage, bevor er sich von Okka verabschiedete und wieder zurück in die westfälische Heimat fuhr.

V. Überraschende Wende

Späte Aussage

Als Kowalski nach einer Woche aus Finnland zurück kam, hatten sich derweil in Westfalen die Ereignisse überstürzt.

Er wurde von einer aufgeregten Fanny in ihrem gemeinsamen Büro schon ganz hibbelig erwartet: »Kowalski, Kowalski, dett globste jetzt nich …«

»Watt denn, watt denn, Mädken, beruhig dich erst mal. Was gibbet denn so Aufregendes …?«

»Haste schon gehört, Kowalski, der Fall ›Mari Kirsipuu‹ wird wieder neu aufgerollt!«

»Nee, Fanny, hab ich nicht. Ist ja toll. Aber weißte schon watt noch besseres …?«

»Wie jetzt, noch besser …?«

»Ja, da setz dich ma für hin. Denn der Fall ›Mari Kirsipuu‹ ist eigentlich der Fall ›Mimi Yksimäki‹ …«

»Hääähhhh ….!?« staunte Fanny Bauklötze.

»Jau-jau, Fanny, das wird dich umhauen. Denn Mari war gar keine Estin gewesen, sondern Finnin, und hieß in Wirklichkeit Mimi …, Mimi Yksimäki.«

»Wie …!? Was …!? Noch mal langsam, zum Mit-Verstehen …«

»Ja, da staunste, was, Fanny …!? Der Erwin Haschke, der hatte sich bei unserem letzten Gespräch verplappert. Da wollte ich das noch nicht allet auf‹ fe Goldwaage legen, watt der so daher redete. Aber ich wollte auch auf ›Nummero Sicher‹ gehen. Deshalb hab ich mir ein Fotto von der vermeintlichen Estin Mari Kirsipuu aus Dülmen mitgenommen und bin während meines Urlaubs rauf nach Finnland gefahren. Dort hab ich die Mutter dieser Mimi Yksimäki gesucht, gefunden und ihr das Foto aus Dülmen gezeigt, was ja angeblich die Estin Mari zeigen sollte. Und tatsächlich, diese Okka Yksimäki, also Mimis Mutter, hat das sofort bestätigt, dass die junge Frau auf dem Foto ihre vermisste Tochter Mimi ist …«

Da staunte Fanny nicht schlecht. Sie wollte es genauer wissen: »Wie bist du denn da überhaupt drauf gekommen?«

»Ja, weißte, Fanny, in meinem früheren Leben, da war ich mal in Finnland. Das war 1987, und da hab ich eine Okka Yksimäki kennen gelernt. Ich wusste ja nicht, ob das nur eine zufällige Namensähnlichkeit war. Jedenfalls wollte ich es genau wissen. Und siehe da. So unwahrscheinlich das auch klingt. Okka war tatsächlich die Mutter unserer bedauernswerten jungen Frau …«

»Mensch, Kowalski, das ist ja mal einen Dingen …! Dass du da überhaupt einen Zusammenhang gesehen hast …!?«

Zur gleichen Zeit, in der Kowalski in Finnland weilte, geschah die unglaubliche Wendung im Fall Kirsipuu/Haschke. Nachdem sich doch erst vor einem Jahr alles aufgeklärt hatte und Erwin Haschke aus Dülmen wegen seiner Navi-Daten im Indizien-Prozess von Münster 2017 überführt wurde, saß er wegen des vermeintlichen Mordes, bzw. besser Totschlags, an Mari Kirsipuu hinter Gittern.

Doch nach einem Jahr wurde er unruhig, er wollte seinen Anwalt Kasper Schulte-Vosbeck aus Dülmen sprechen. Der solle den Fall noch mal aufrollen. Denn jetzt war Erwin Haschke bereit zu reden. Beim Prozess in Münster hatte er von seinem Aussageverweigerungsrecht Gebrauch gemacht und durchgehend geschwiegen, auch als man ihn wegen Totschlags verurteilte. Nein, nicht ganz, denn bei der Urteilsverkündung schrie er in den Gerichts-Saal: »Ich habe Mari nicht ermordet! Ich war das nicht!«

Jedenfalls berichtete Haschke im Sommer 2018 seinem Anwalt: »Ich war das nicht. Ich habe meine Frau Mari nicht ermordet. Bisher habe ich zu den Umständen immer geschwiegen, weil ich jemand anderen schützen wollte. Aber ich habe erfahren, dass diese Person letzte Woche durch einen Verkehrsunfall gestorben ist. Da gibt es jetzt keinen Grund mehr für mich, länger zu schweigen.«

Kasper Schulte-Vosbeck fragte ungläubig: »Wie jetzt, Herr Haschke, was ist passiert?«

Sein unglücklicher Klient erklärte sich umständlich: »Ja, also, da muss ich etwas weiter ausholen und mich dabei outen. Das ist mir alles sehr peinlich, besonders als Russe. Ich bin nämlich bisexuell. Ich habe zwar meine Frau Mari geliebt, aber ich fühlte mich auch zu Männern hingezogen. Ich habe in meinem Fitness-Center ›Fun-Out‹ in Münster Sascha Gesell aus Havixbeck kennen gelernt, einen verheirateten Mann, dem es ähnlich wie mir ging. Wir begannen eine heimliche Affäre, die aber auf die Dauer sehr anstrengend wurde. Um uns mal richtig offen auszuleben, beschlossen wir, einen zweiwöchigen Urlaub auf Gomera zu machen.«

Der Anwalt hakte ein: »Aha, interessant. Ja, und wie ging es weiter?«

Erwin Haschke berichtete ausführlich: »Ich flog also mit Sascha von Düsseldorf nach Teneriffa, von wo wir mit der Fähre nach Gomera übersetzten. Wir wohnten in einem Apartment in Valle Gran Rey, gingen tagsüber an den Strand, badeten im Meer oder machten Ausflüge auf der Insel. Wir verlebten eine herrliche Zeit und waren glücklich. Das war im Juni 2010, genau genommen vom 10. bis 24. Juni 2010. Also kann ich das nicht gewesen sein, der Mari am 18. Juni 2010 ermordet haben soll. Zwar waren im Navi meines Autos die Daten vom 18. auf den 19. Juni von Dülmen nach Hagen und wieder zurück gespeichert, ich kann den Wagen aber nicht gefahren haben. Ich war ja zu der Zeit auf Gomera. Ich hatte allerdings mein Auto zu Hause in der Garage gelassen, Schlüssel und Papiere im Haus. Mari hatte ja einen Führerschein, und sie konnte damit in meiner Abwesenheit rum fahren.«

Kasper Schulte-Vosbeck entsetzt: »Mann-Mann-Mann, warum haben Sie das nicht gleich gesagt?«

Verschämt antwortete Erwin Haschke: »Wie gesagt, ich wollte Sascha schützen, der lebte ja mit seiner Frau zusammen und wollte sich nicht outen.«

Ungläubig schnaubte der Anwalt: »Und dafür haben Sie sich wegen Totschlags verurteilen lassen?«

»Ja-ja, ich weiß, das war ein schwerer Fehler,« gab Erwin Haschke zu, »aber wir haben uns so sehr geliebt, dass ich das für Sascha gemacht habe. Aber als ich jetzt erfahren habe, dass er zusammen mit seiner Frau bei einem Verkehrsunfall tödlich verunglückt ist, hatte das alles keinen Sinn mehr. Deshalb sollen Sie ja auch den Fall neu aufrollen.«

Der Anwalt forderte seinen Klienten auf: »Okay, dann rücken Sie mal mit der Wahrheit raus, mit der ganzen Wahrheit. Schließlich muss ich dem Richter was wirklich Stichhaltiges anbieten, bevor der überhaupt daran denkt, den Fall neu aufzurollen …«

Erwin Haschke gestand erleichtert: »Also gestritten habe ich mich mit Mari tatsächlich sehr viel in jener Zeit. Schließlich musste ich ihr ja mein Doppel-Leben gestehen, als ich ihr verklickerte, dass ich auf Gomera Urlaub machen wollte, aber nicht mit ihr. Dabei reiste sie doch für ihr Leben gerne. Na, jedenfalls hatten wir deswegen einen Riesenkrach, verständlicherweise. Dabei kam heraus, dass sie sich tatsächlich schon eine Weile mit einem anderen Mann aus Coesfeld rumtrieb, weil sie sich von mir vernachlässigt fühlte. Auch verständlich. Krach-Krach-Krach, dauernd Krach, aber deshalb habe ich sie doch nicht umgebracht. Wozu auch? Ich hab doch da überhaupt kein Motiv zu. Beide haben wir uns etwas auseinander gelebt, uns gefühlsmäßig anderweitig engagiert. Aber dass wir trotzdem zusammen blieben, war doch eher praktisch, zumindest für mich. Sascha führte ein Doppel-Leben mit seiner Frau Jutta und gleichzeitig mit mir. Und mich hat das ja auch in ein Doppel-Leben getrieben, mit Sascha und meiner Frau Mari. Aber solange alles geheim bleiben sollte, war es doch eher praktisch. Ich hatte überhaupt keine Veranlassung, da was zu ändern. Aber vielleicht hatte der Beau, der Schönling, der mit meiner Frau bumste, keine Lust mehr auf dieses Arrangement …!?«

»Ja, das hört sich immerhin plausibel an, Herr Haschke. Sie waren im Urlaub, aber das Auto mit dem Navi blieb zu Hause. Man kann sich gut vorstellen, dass der Geliebte Ihrer Frau sich bei Ihnen zu Hause einquartierte, sobald Sie auf Gomera waren …«

Erwin Haschke bekam langsam wieder etwas Oberwasser: »Ja, nicht nur das, vielleicht kam es ja in der Zeit zwischen den beiden zum Streit, der eskalierte und bei dem Mari zu Tode kam …!?«

Sein Anwalt Schulte-Vosbeck fasste zusammen: »Das Auto wurde von Dülmen nach Hagen und zurück gefahren. Mari hätte es allerhöchstens von Dülmen nach Hagen fahren können, aber nicht mehr zurück in Ihre Garage, weil sie da ja schon tot in Hagen lag. Ergo: eine andere Person muss das Auto zurück von Hagen nach Dülmen gefahren haben.«

Erwin Haschke stimmte zu: »Ja, genau, so muss es gewesen sein.«

Kasper Schulte-Vosbeck war wieder ganz in seinem Element als Anwalt: »Dann muss jetzt nur noch der Mann gefunden werden, der Mari getötet hat. Womöglich war es ja sogar ihr Liebhaber …? Aber das müsste ja dann eher was für die Kripo sein. Oder hatte sich Mari zu seiner Identität geäußert?«

»Nee, nicht direkt,« wandte Erwin Haschke ein, »sie erwähnte nur, dass sie ihren ›süßen Kerl‹ in ner Disco im Münsterland kennengelernt hat. Wie der richtig heißt und wie der aussieht, weiß ich nicht, hatte mich zu der Zeit ehrlicherweise auch gar nicht richtig interessiert.«

Anwalt Schulte-Vosbeck wurde immer siegessicherer: »Na ja, wenn die Navi-Daten über Jahre gespeichert waren, dann gilt das sicherlich auch für Telefon-Daten. Das sollte die Polizei schon raus kriegen, wer sich da mit Ihrer Frau verbandelt hat …!? Die werden sicherlich häufiger miteinander telefoniert haben …!?«

Erwin Haschke bettelte: »Also, was ist jetzt? Machen Sie was?«

Sein Anwalt Schulte-Vosbeck versicherte ihm souverän: »Okay, wir versuchen es auf jeden Fall. Ich brauche dann jetzt mal die genauen Daten Ihrer Gomera-Reise und den Namen des Hotels. Das wird die Polizei natürlich überprüfen wollen. Denn Ihre Gerichtsverhandlung war ja immerhin nur ein Indizien-Prozess. Sie haben ja beim Prozess geschwiegen, außer dass Sie immer wieder versicherten: ›Ich war's nicht!‹ Denn Sie waren es ja tatsächlich nicht …«

»Ja, glauben Sie mir, Herr Anwalt,« unterbrach ihn Erwin Haschke, »ich hatte gehofft, das reicht, dem Gericht zu versichern, dass ich es nicht war. Ich hatte immer daran geglaubt, dass die Gerechtigkeit für mich siegen wird, weil ich es ja auch nicht war … Tat sie aber nicht.«

Nachdem es Schulte-Vosbeck gelungen war, den Fall durch einen erneuten Gerichtsbeschluss neu aufzurollen, merkte Haschke erst, wie schwer das alles trotz seiner neuen Aussage wurde. Er meinte zwar, durch seinen Urlaub auf Gomera ein Alibi zu haben, aber sieben Jahre nach der Tat war das alles blasse Theorie geworden: seinem ehemaligen Schweigen stand jetzt nur seine neue Aussage gegenüber. »Alles ein bisschen spät,« wie sein Dülmener Anwalt Schulte-Vosbeck ihm von Anfang an versichert hatte.

Während der gerichtlichen Anhörung für die Neuaufrollung des Falles war Erwin Haschke immer noch in aussage-freudiger Stimmung. Deshalb gab er zu, dass er die Stelle, an der Mari verscharrt wurde, sogar kannte. Als Handlungsreisender war er ja oft in Deutschland unterwegs. Und dort in Hagen hatte er mal zufällig dieses lauschige versteckte Eckchen hinter einem Gebüsch in einer ruhigen Feldlandschaft gefunden, das günstig nicht allzu weit von der

Autobahnabfahrt Hagen-Süd der A 45 lag. Genau da hatte er hin und wieder seine Mittagspause im Auto verbracht, wenn er dort in der Gegend dienstlich zu tun hatte.

Die Kripobeamten aus Dülmen und Coesfeld um Hauptkommissar Günter Querbock fanden dann tatsächlich später über die alten Handy-Daten vom Sommer 2010 heraus, dass es sich bei dem so genannten ›Beau‹, mit dem sich Mari eine Zeit lang rumgetrieben hatte, um Achim Schendler handelte. Der war zwar schon 59 Jahre alt, hatte aber immer noch ein extrem jungenhaftes Aussehen, und kam aus Coesfeld.

Und um die ganze Sache noch abzurunden, kam Erwin Haschke mit dem Besten zum Schluss heraus. Als er nämlich von seinem Anwalt Schulte-Vosbeck erfuhr, dass der so genannte ›Beau‹, den seine Frau so angehimmelt hatte, mit wirklichem Namen Achim Schendler hieß, da fiel es ihm wie Schuppen von den Augen. Denn Haschke und Achim kannten sich auch. Sie hatten sich öfters mal in einer Dülmener Kneipe getroffen, später wurden sie sogar kurzzeitig Arbeitskollegen. Jedenfalls hatte Haschke dem Kneipen-Kumpel Achim auch das eine oder andere über seine neue Frau aus Estland erzählt, eben seiner Mari. Das hatte ›Frauen-Held‹ Achim natürlich alles brennend interessiert. Das war die Verbindung: indirekt lernte Achim – ohne sie vorher gesehen zu haben – Mari schon durch die Erzählungen seines Kollegen Erwin Haschke kennen. Dass sich Achim Schendler und Mari dann tatsächlich in einer Disco kennen gelernt hatten, das war wohl eher Zufall.

Der schreckliche Iwan

Der aktuelle Fall von Kommissar Kowalski erwies sich nicht nur als ein Drama mit Deutsch-Russen, sondern obendrein eines mit einem bi-sexuellen russischen Mann. Da passte es ja wie die Faust aufs Auge, das die Männerfußball-WM gerade in Russland lief, in einem der schwulen-feindlichsten Länder überhaupt.

Aber kommen wir zu Iwan, dem Schrecklichen. Außer seinen Fun-Out-Kameraden und -Kameradinnen hatte Kowalski auch noch andere sportliche

Ansprechpartner. Er traf sich schon seit Jahren bei den Totti-Treffen im Hagener Kaffee-Quadrat auf Emst mit seinen Sportkumpels Werner Sperling und Hannes Engelmann. Jahrein jahraus tippten sie die BULI, also die Bundesliga, und ihr kleiner Wanderpokal Totti wanderte von einem Tipp-Kameraden zum anderen.

Rechtzeitig, bevor die deutschen Fußball-Männer bei der WM 2018 in Russland starteten, machten erst mal die Totti-Tipper Platz und gingen in die Sommerpause. Aber sie blieben nicht faul, sondern begannen sofort mit ihrem WM-Spiel. Kowalski hatte eine kleine rote Plastik-Figur als WM-Pokal in die Runde geschmissen: und zwar den Iwan. Der mickerige Kerl sah gar schrecklich aus, weshalb er auch ›Iwan, der Schreckliche‹ getauft wurde. Kollege Werner war ganz heiß auf den Iwan. Er wollte ihn gerne für seine Vitrine zu Hause gewinnen. Denn dort standen schon die bisherigen kleinen Pokal-Kerlchen, nämlich der ›Cafu‹, Tipp-Siegerpokal der WM 2014 in Brasilien, und der ›Zizou‹, Siegerpokal der EM 2016 in Frankreich. Werner schien ein Spezialist in Sachen Sonder-Pokale zu sein.

Die Totti-Tipper hatten ja bereits siebzehn BULI-Saisons ihre Spiel-Runden von 2001 bis 2018 hinter sich gebracht. Und sie hatten sich an sage und schreibe 16 verschiedenen Stellen in Hagen und Letmathe getroffen. Jedoch setzte sich in den letzten Jahren eindeutig das Kaffee im Quadrat auf Emst bei der freundlichen Wirtin Conny als ihr Stamm-Lokal durch. Sie waren alle drei ehemalige Jugendzentrums-Kollegen, die jedes BULI-Wochenende exklusiv nur jeweils drei Spiele tippten, und zwar die Spiele ihrer Lieblingsmannschaften: Hannes Engelmann mit seiner ewigen Liebe, die Borussia aus Mönchengladbach, die ›Fohlen-Elf‹ vom Niederrhein. Werner Sperling schwärmte für Borussia Dortmund, schwarz-gelb vom Revier, denn die sind – wie wir – von hier… Und Danny Kowalski aus Hagen-Fley, mit dem ›Geißbock‹-Verein war auch dabei, seinem 1. FC Köln, mit dem er, seit 54 Jahren treu durch alle Höhen und Tiefen, Freuden und Leiden verbunden, wieder mal einen Abstieg erleben musste.

Sie spielten allerdings schon als Totti-Tipper, lange bevor der Namensgeber ihrer Trophäe, Francesco Totti, mit Italien 2006 Weltmeister wurde. Ihre spezielle Vorgehensweise lief dann so ab: sie tippten einmal im Monat und zählten danach die Punkte zusammen. Der Sieger bekam vom Verlierer ein Getränk im Café Quadrat ausgegeben, wo sie sich monatlich nach Feierabend trafen: keine großen Gewinne, aber jede Menge Spaß. Weil es oft knapp wurde bei der Punkteverteilung, kamen sie auf die Sondertipps, die bei Punktegleichheit entschieden, und zwar sogar recht häufig. Hannes entpuppte sich dabei als Spezialist, und außerdem hatte er gerade die Halbjahres-Wertung gewonnen. Danny konnte immerhin für sich verbuchen, den ›Sommer‹ -Totti gewonnen zu haben, also die Mai-Wertung, die ihn berechtigte, den kleinen Totti den ganzen Sommer über bis zum Beginn der nächsten BULI-Saison zu beherbergen. Dagegen entpuppte sich Werner nach der Gesamtauswertung als der Totti-König der Saison 2017/2018.

Ihr kleiner ›Totti‹, der begehrte Wanderpokal, ist und bleibt positiv besetzt, zumal Danny ihn bei einem Kalabrien-Urlaub 2003 am Strand von Capo Vaticano aus dem Sand ausgebuddelt hatte. Ein kleiner Plastikfußballer mit italienischem Nationaltrikot in azurblau und mit einem Löwenkopf: ihr Totti, der immer dem jeweiligen Monats-Tippsieger vom letzten Totti-Träger übergeben wird. Joh, sie sind die Totti-Tipper …

Für die WM im Sommer 2018 in Russland ging es also um den Iwan, als sie ihr WM-Spiel machten. Die ausgeschiedenen Italiener hatten Danny schon im Vorfeld seinen WM-Tipp verhagelt. Denn laut dem ›Gesetz der Serie‹ wäre wieder mal ein Endspiel Brasilien gegen Italien dran gewesen, das dann die Brasilianer gewonnen hätten. Denn es gab ja diese erstaunliche Serie, dass ab 1970 alle 12 Jahre die Italiener in einem WM-Finale standen. 1970 in Mexico gegen Brasilien im Finale verloren, nachdem die Azzurris das berühmte ›Jahrhundert-Spiel‹ im Halbfinale gegen die BRD mit 4 : 3 nach Verlängerung gewonnen hatten. 12 Jahre später gewannen die Italiener in Spanien 1982 den WM-Cup im Finale gegen Deutschland. Nach weiteren 12 Jahren verloren die Italiener in den USA 1994 das dramatische Finale gegen die Brasilianos nach 0 : 0 und Verlängerung und Elfmeterschießen. Schließlich waren die Italiener 12 Jahre später wieder mit dem Titel dran, denn sie gewannen in Berlin die WM 2006 gegen Frankreich ebenfalls nach Verlängerung und Elfmeterschießen.

Tja, Dannys WM-Final-Tipp war also dahin. So rechnete er eher mit Spanien als Weltmeister, übrigens genauso wie Werner und Hannes auch.

Als die drei Kollegen sich zum WM-Tipp trafen, eröffnete Werner fast mit einer Absage: »Wenn ich vorher gewusst hätte, dass sich Özil und Gündogan als ›Wahlhelfer‹ für den türkischen Präsidenten Erdogan verdingen und dann trotzdem noch mit nach Russland fahren dürfen, wogegen der Journalist Seppelt nicht nach Russland einreisen darf, dann hätte ich die russische WM samt dieses WM-Tipps hier boykottiert ...« Damit spielte er auf das Treffen der beiden deutschen türkisch-stämmigen Nationalspieler Mesut Özil und Ilkay Gündogan an, die sich nicht nur in London mit Erdogan trafen, sondern ihm auch noch ihre Trikots schenkten. Dabei schoss Gündogan sogar noch den Vogel ab, weil er auf sein Trikot geschrieben hatte: ›Für meinen Präsidenten Erdogan‹ .

»Mann-Mann-Mann, da haste voll recht, Werner,« stimmte ihm Danny zu, »als deutsche Nationalspieler Wahlkampf für den türkischen Präsidenten zu machen, das geht gar nicht. Die hätte der Löw dann besser zu Hause gelassen, wenn man bedenkt, wie in der Türkei die Grundrechte der Pressefreiheit ständig mit Füßen getreten werden. Bloß der Seppelt, der darf jetzt auf einmal – nach Einschreiten der FIFA – doch nach Russland kommen. Aber er soll da an einer Anhörung teilnehmen. Na ja, ob ich Lust hätte, irgendwo in Russland bei einer Anhörung mitzumachen ...!? Ich weiß nicht, ich glaube, eher nicht.« Schließlich fuhr dann der ARD-Journalist und Doping-Experte Hajo Seppelt tatsächlich nicht zur WM nach Russland. Das Sicherheitsrisiko für ihn war einfach zu hoch.

Die Drei diskutierten dann darüber, ob sie nicht überhaupt die gesamte WM wegen der korrupten Fifa boykottieren sollten, wie es Dannys Freund Harry lautstark formulierte: »*Ich habe mir in diesem Jahr WM-Enthaltsamkeit auferlegt und werde zum ersten Mal seit 1962 nicht mitfiebern. Ich will die verlogene Sache nicht auch noch unterstützen. Da gibt es einen Typen in Moskau, der in fremde Länder einfällt, dort Gebiete annektiert, der die Waffengefährten in Syrien dabei unterstützt, das eigene Volk mit Giftgas zu attackieren, der seine eigene Opposition mit einer gelenkten Justiz in den Knast steckt. Dann kauft er von den korrupten Fifa-Bossen das Turnier ein, und alle Fußballfreunde werden von einem kollektiven Gedächtnisverlust ereilt und machen Business as usual. Nee, da bin ich nicht dabei.*«

Die Totti-Tipper überlegten hin und her, waren auch sehr zwiespältig in ihren Überlegungen, hatten sich aber zuletzt doch zu einem WM-Tipp entschieden: der Kampf um den ›schrecklichen Iwan‹ .

Bei diesem Treffen fragte Danny die beiden Kollegen auch über den Fall der 2015 aufgefundenen Leiche aus. Hannes wohnte zwar schon seit 1981 in Hagen, kannte auch die Hammacherstraße, aber von diesem Fall mit der skelettierten Leiche hatte er noch nie was gehört oder gelesen. Im Gegensatz zu Hannes horchte Werner aber total auf, als Danny den Fall der jungen toten Frau schilderte: »Erst dachten wir, sie war wahrscheinlich eine Estin. Aber dann stellte sich heraus, dass sie eine Frau aus Finnland war. Und du glaubst es nicht, Werner, die Tote entpuppte sich im Nachhinein als die Tochter von Okka Yksimäki …«

»Wer war das jetzt noch mal?«

»Weißte nicht mehr, dammals in Kirjikovi, wo wir von Kouvola mit den Jugendlichen für eine Nacht hinfuhren …? Und da die Hausdame, das war diese Okka.«

»Klaro, genau, ich erinnere mich. Die war doch total nett …«

»Ja, und du warst dabei, Werner.«

Sehr sehr gut erinnerte Werner sich an eine wunderschöne Finnland-Dienstreise, und ihm fielen spontan dazu jede Menge Stories ein …

… bloß zu dem aktuellen Fall der aufgefundenen Leiche fehlte ihm jede Information: »weißte was, Danny. Ich weiß echt nicht, wo die Hammacherstraße ist …«

»Aber du wohnst doch in Boele, da fährste doch auf dem Weg ins Fun-Out öfters her …,« unterbrach ihn Danny.

»Wie jetzt? Ich fahr da einfach her. Da achte ich doch nicht drauf, wie die Straßen heißen,« entgegnete Werner.

»Ja, aber die Kalkwerke und das Gut Herbeck kennste doch?«

»Ja, klar.«

»Siehste, und wenn‹ de da zur Brücke über die Autobahn fährst, das ist die Hammacherstraße.«

»Aha.«

»Ja, und direkt hinter der Autobahnbrücke rechts, da auf der Waldweg-Einfahrt, da war 2015 der Leichenfund,« erklärte ihm Danny.

»Mag ja sein. Aber da hab ich absolut nix von mitbekommen. Ich hab ja auch keine Zeitung. Vielleicht deshalb?«

»Mittlerweile ist übrigens genau dort, wo die Leiche gefunden wurde, durch Baggerarbeiten ein riesiger Erdhügel entstanden, weil da eine neue Brücke gebaut werden soll.«

»Ja, das hab ich auch gesehen,« meinte Werner, »aber ich hätte da noch ne Idee für dich. Du kannst dich doch bestimmt noch an den Kollegen JV Meyer erinnern. Der war doch auch dammals bei unserem gemeinsamen Jugendaustausch-Projekt in Kouvola 1987 dabei. Und der fuhr nämlich früher mit seinem Wohnmobil von Letmathe nach Hagen. Vielleicht weiß der ja was über den Fall ...?«

»Joh Werner, zu diesem Projekt-Team gehörte doch ...,« schwärmte Danny, »au ja, genau, die nette Jugendzentrumsleiterin Lia Böchterbeck und der Bezirks-Jugendpfleger JV Meyer. Jedenfalls ne very good idea von dir. Den ruf ich mal an.«

Gesagt – getan. Am nächsten Tag suchte sich Kowalski die Nummer von JV Meyer raus und rief ihn an: »Hallo, Herr Meyer, hier ist Danny Kowalski. Erinnern Sie sich noch an mich?«

»Klar, aber egal, was liegt an?«

»Ja, Menno, Sie waren doch früher immer von Letmathe nach Hagen gefahren. Wo und wann fuhren Sie denn dammals eigentlich immer her?«

»Klar, das kann ich Ihnen sagen. Das war ja kein Geheimnis ...«, brummelte JV Meyer in seiner umständlichen Art, »ja, manchmal bog ich nach Hohenlimburg von der B 7 ab in die Hammacherstraße, um über Herbeck, Halden und Fley zum Polizeipräsidium Hoheleye zu kommen. Jugendschutz-Kooperation.«

»Mann – Mann – Mann, Herr Meyer, dann sind Sie ja in Hagen genau am Leichenfundort vorbei gekommen, wonnich ...!?«

»Ja, wenn Sie es sagen ...«

»Genau, Herr Meyer, wir sind da hier bei der Hagener Kripo an so nem Fall dran, der unter anderem auch mit ner finnischen Frau zu tun hat,« hakte Kowalski nach, »deshalb meine Fragen. In Ihrer Zeit als Bezirks-Jugendpfleger waren Sie doch auch mal mit nach Kouvola gekommen?«

»Na ja, wir waren doch sogar im Rahmen von Städtepartnerschaft und Jugendschutz-Kooperationen zusammen dort oben ...,« erinnerte sich JV Meyer, »klar, das war ne schöne Sache in Kouvola, für uns aus Hagen.«

»Ja, das war es wirklich. Aber was anderes. Haben Sie denn auch von unserem Fall mit der Leiche gehört?« fragte Kowalski.

»Ja, da hat mir neulich ein Kollege was von erzählt, der es aus dem Hagener Lokalteil der Westfälischen Rundschau hatte …«

»Joh, Herr Meyer, ich danke mal fürs Erste,« beendete Kowalski das Gespräch, als er merkte, dass aus JV nichts Neues rauszukriegen war, »vielleicht komm ich ja noch mal auf Sie zurück. Bis die Tage.«

»Joh, okay. Und tschö, Herr Kowalski.«

Die Tottis, die jetzt bei der WM 2018 die Iwan-Tipper hießen, zogen nach dem ersten Drittel der WM ihr erstes Resümee. Hannes meinte: »Bisher ist die WM sehr ausgeglichen, in Bezug auf unsere Tipp-Punkte und auf die Teams der WM bezogen. Ein klarer Favorit hat sich nach meiner Meinung noch nicht gezeigt. Warten wir mal.«

Dagegen analysierte Werner nach der deutschen Auftaktniederlage gegen Mexiko: »Ich gehe davon aus, dass sich die Spieler bis Samstag verbal gegenseitig in den Hintern treten und gegen Schweden deutlich mehr Einsatz zeigen werden. Schau›n wir mal.«

Aber dann kam das blamable Ausscheiden der deutschen Elite-Kicker nach der Niederlage gegen Südkorea bereits in der Vorrunde, wozu Werner meinte: »Hi Danny, biete Deutschlandfahne günstig abzugeben. Nur dreimal gebraucht.«

»Ist doch alles nur Spiel, Werner,« meinte Danny, »aber wenn du deine Deutschland-Fahne noch nutzen willst, dann drehe sie um 90 °, danach brauchst du nur noch die Streifen zerschneiden und zu schwarz, gelb, rot anzuordnen, schon hast du eine belgische Flagge.«

Hannes meldete sich: »Hallo, fast alle Favoriten sind ausgeschieden. Der Weg für Brasilien ist damit frei. Oder kann Frankreich den zweiten Titel gewinnen?«

»Ich stimme dir zu, Hannes, glaube aber eher an Frankreich ….!« schwärmte Danny.

Und dann kam es plötzlich und überraschend schon eine Woche vor dem WM-Ende zur Entscheidung ihres WM-Tipps. Es sah bisher immer so aus, als würde Hannes den Iwan gewinnen. Aber zum Ende kam es doch anders. Danny hatte einen hauchdünnen Vorsprung mit 74 Punkten vor Hannes mit

73 Punkten und gewann den Iwan. Werner erreichte 65 Punkte und blieb somit Dritter.

Totti trifft Iwan

In diesem Sommer 2018 kam es bei Danny zum historischen Treffen zwischen dem Totti, den Danny eh den Sommer über hatte, und dem frisch gewonnenen Iwan …

Der schreckliche Iwan, ihr kleiner WM-Pokal, wurde Danny beim nächsten Bundesliga-Tipp im Kaffee im Quadrat überreicht.
    Denn nach der WM ist der vor der BULI …

Kowalski erneut in Dülmen

Nach der verspäteten und überraschenden ›Aussage‹ des verurteilten Mörders Erwin Haschke, dass er gar kein Mörder war, telefonierte Kowalski mit Kommissar Querbock. Der arbeitete in der Mordkommission der Kreisstadt

Coesfeld, nur 15 km von Dülmen entfernt. Querbock erzählte ihm, was sie über die alten Handy-Daten vom Sommer 2010 herausgefunden hatten. Es handelte sich bei dem Mann, mit dem sich Haschkes Ehefrau rumgetrieben hatte, um Achim Schendler aus Coesfeld.

Als Kowalski das erfuhr, lachte er nur ins Telefon: »Ha ha, datt givet doch gar nich, der schöne Achim …!?! Der lebt auch noch!? Der müsste doch bestimmt schon an die 60 Jahre alt sein, der alte Schlawiner …?«

»Genau genommen 59 Jahre,« unterbrach ihn Querbock, »aber Sie glauben es kaum, der hat sich ein extrem jungenhaftes Aussehen erhalten.«

»Okay, ich komme dann mit meiner Kollegin Bevenbreucker bei Ihnen vorbei, Kollege Querbock, um unsere Erkenntnisse in Ruhe abzugleichen.«

»Ist gut, Kowalski, bis die Tage dann.«

Nachdem er aufgelegt hatte, wandte er sich an Fanny: »Nee-nee-nee, das ist doch wohl kaum zu glauben …!? Weil den Achim Schendler, den kenn ich noch aus Datteln, wo ich dammals in den 1970er Jahren meinen Zivildienst gemacht hatte. Da gehörte Achim auch zu so‹ ner Musiker- und Kiffer-Szene, in der ich mal ne Zeit lang rum hing. Er war übrigens der einzige Sohn eines deutsch-russischen Auswanderer-Ehepaares, einer der ersten Familien, die damals aus Kasachstan nach Deutschland kamen. Achim war zwar mit seinen langen schwarzen Haaren eine sehr auffällige Gestalt innerhalb der Dattelner Szene, aber da die Familie schon in Kasachstan immer deutsch gesprochen hatte, merkte man ihm noch nicht einmal den leisesten Akzent an. Genau, und der zog später nach Coesfeld.«

»Wie, du kennst den Typen sogar?« hakte Fanny nach.

»Jau-jau, der Achim Schendler. Und noch watt fällt mir zu dem ein, der besuchte mich doch hin und wieder in Hagen. Weißte, Fanny,« schwelgte Kowalski in Erinnerungen, »Anfang der 80er Jahre, ja, da kam man gerne mal zu Besuch nach Hagen. Datt war dammals sowatt wie die ›deutsche Hauptstadt von Rock & New Wave & Neuer Deutscher Welle‹, als Nena, Extrabreit, Ideal und Grobschnitt in Hagen und Umgebung ihr Unwesen trieben. ›Komm nach Hagen, werde Pop-Star‹ sangen dammals Extrabreit nicht umsonst. Und meine Freunde aus der westfälischen Provinz aus Datteln, Dülmen oder Coesfeld kamen gerne, um mich in der pulsierenden Musikstadt Hagen zu besuchen. Natürlich machte ich auch Gegenbesuche in Dülmen, Coesfeld, Lüdinghausen und Datteln. Aber von daher kannte der Schendler sich zumindest etwas in Hagen aus.«

»Mann-Mann-Mann,« meinte Fanny, »das ist ja echt ein Fall mit unglaublichen Zufällen.«

»Zufälle gibbet doch nicht, Fanny, weißte doch,« versuchte Kowalski, auch mal das letzte Wort zu haben.

Zwei Tage später fuhr Kowalski zusammen mit Fanny nach Coesfeld und besuchten ihren Kollegen Hauptkommissar Günter Querbock im dortigen Kommissariat. Sie stellten sich vor und suchten zusammen mit Querbock das ehemalige Dülmener Haus von Erwin Haschke und seiner verstorbenen Frau Mari im Krummen Weg 7 auf.

Beim Durchsuchen der Schränke fiel Kowalski ein Fitness-Center-Ausweis auf, der ihm sehr bekannt vorkam. Er hatte nämlich selber so einen, vom Fun-Out. Das war eine bekannte Kette mit vielen Centern in ganz Deutschland, unter anderem auch das in Hagen-Hohenlimburg, wo Kowalski regelmäßig trainierte. Mari war anscheinend auch eine begeisterte Fitness-Sportlerin gewesen. Bei ihr stand ›Fun-Out‹ Dorsten auf der Chip-Karte.

Die nächsten Fun-Out-Filialen von Dülmen aus gesehen waren in Recklinghausen mit einer Entfernung von 25 km Luftlinie, das in Dorsten mit einer Entfernung von 28 km Luftlinie, und im Zentrum des Münsterlandes die Filiale in Münster mit einer Entfernung von 31 km Luftlinie.

Da hatte sich also Mari für Dorsten entschieden, das ja angeblich – laut Danny's ehemaligen Klassenkameraden Herbie – die schönsten Mädchen und Frauen haben sollte. Entweder hatte Mari davon etwas gehört oder sie trug ihr Übriges dazu bei, dass Herbies Urteil auch Bestand hatte.

Na, jedenfalls nahmen die beiden Hagener Kommissare Fanny und Kowalski ein Foto von Mari mit und suchten dann dieses Fun-Out in Dorsten auf. Sie fuhren über die A 43 bis Haltern, bogen dort auf die B 58 ab, in westlicher Richtung bis kurz vor Dorsten. Dort bogen sie südlich in die B 224 und fanden es durch Fannys Navi rasch in der Borkener Str. 52, zwischen Hervest und Holsterhausen in der Nähe des Blauen Sees. An der Info wiesen sie sich aus und zeigten das Foto von Mari.

»Ach, die Blonde mit dem roten Bademantel mit den dunkelroten Herzchen,« meinte die aufgeweckte junge Frau an der Info, die sich laut Namensschild als Carina zu Erkennen gab, »ja, an die erinnere ich mich noch gut. Das war nämlich ganz in meinen Anfangszeiten als Azubi. Die war früher regelmäßig hier, also quasi jeden Tag. Aber plötzlich von einem Tag auf den anderen kam sie nicht mehr. Ist aber schon Jahre her.«

»Können Sie da mal im PC schauen, wann dieses ›Jahre her‹ gewesen ist …?« fragte Kowalski.

»Ja, Moment,« mit raschen Klicks wieselte sich Carina durch den Computer, bis sie schließlich das Gesuchte fand: »Ja, hier hab ich's. Mari kam bis zum Juni 2010 regelmäßig ein paar Monate sechs bis siebenmal die Woche. Danach nie wieder.«

»Immer diese roten Bademäntel,« murmelte Kowalski sich was in den nicht vorhandenen Bart.

»Ja, da sagen Sie was,« warf die flotte blonde Carina ein, »das mit diesen roten Bademänteln mit roten Herzchen, das war schon merkwürdig. Damals, also 2010, da liefen hier einige unserer Damen in diesen Bademänteln rum. Aber erst hörte es mit Mari auf, weil die nicht mehr kam, dann nach einiger Zeit kam überhaupt kein roter Bademantel mehr hierhin, jahrelang. Bis vor kurzem, da dachte ich schon, Mari wäre zurück, als ich auf einmal wieder ne blonde Sportlerin mit rotem Bademantel sah. Aber als sie sich dann zu mir umdrehte, war es ne andere Blondine …«

»Das ist ja mal interessant,« meinte Kowalski.

»Was habt ihr denn eigentlich mit euren roten Bademänteln …?« fragte Fanny neugierig.

»Ach, Fanny, das ist ne lange Geschichte, oder besser mehrere kleine Stories. Die erzähl ich dir nachher – unterwegs im Auto.«

Roter Bademantel mit Herzchen gefällig?

Auf dem Weg zurück nach Hagen berichtete Kowalski seiner Kollegin Fanny über die auffällige Häufung von roten Bademänteln, die ihm in der letzten Zeit untergekommen waren: »Roter Bademantel, Numero Eins: ich traf meine Sportkollegin Miss Maya Marple 2018 in der Sauna des Fun-Out. Sie klagte bitterlich über ihren roten Bademantel mit den roten Herzchen, der ihr geklaut wurde. Der hatte Größe 38, denn Maya ist eine schlanke Frau. Die Herkunft des Bademantels war Bochum-Wattenscheid, denn es handelte sich um ein Steilmann-Produkt.«

Dabei zählte Kowalski als Beifahrer mit der rechten Hand erst den Daumen, dann die anderen Finger seiner linken Hand ab: »Roter Bademantel, Numero Zwo: im Lift des Fun-Out, der wochenlang nicht funktionierte und der stecken geblieben war, wurde eine Sexpuppe, Marke ›Chantal‹ gefunden, die einen roten Bademantel mit roten Herzchen trug, ebenfalls 2018. Der war aber größer als der von Maya. Chantals Bademantel hatte die Größe 42 und der Waschzettel wies ihn ebenfalls als ein Steilmann-Produkt aus.

Roter Bademantel, Numero Drei: unter der skelettierten Leiche in der Hammacherstraße fand man Reste eines roten Bademantels, der ja offensichtlich schon aus dem Jahr 2010 stammte. Der Waschzettel des Bademantels war noch am besten erhalten, es handelte sich um eine Größe 38 und auch dieser kam von der Firma Steilmann.

Numero Vier: dieses Mal kein Bademantel, aber auch ein Steilmann-Produkt. Und zwar unter der Leiche vom Hohenhof, die ja schon einige Jahre unterm Dachstuhl verrottete, da fand man ja einen Textilrest. Und das Logo wurde später als Steilmann-Produkt identifiziert, aber dieses Mal kein Bademantel.«

Fanny schüttelte erstaunt den Kopf: »Ganz schön viele rote Bademäntel aus der Steilmann-Kollektion, was …!?«

»Ja, wirklich, Fanny. Und dann war da ja auch noch Achim Schendler, Handlungsreisender für Steilmann-Konfektionen aller Art, Spezialität rote Bademäntel. 2010 hatte er einen roten Bademantel an Mari Kirsipuu verschenkt. Allerdings trugen 2010 auch noch andere Frauen im Fun-Out Dorsten rote Bademäntel, wie sich Carina von der Info-Theke erinnerte. Die hatten die Fitness-Damen alle günstig von ihrem Sportkollegen Achim Schendler gekauft.«

Carina hatte beim Besuch der Hagener Kommissare im Fun-Out Dorsten berichtet, dass sie letztens wieder mal so einen roten Bademantel an einer jungen Blondine gesehen habe. Übrigens erstmalig nach vielen Jahren wieder. Kowalski grübelte am nächsten Tag im Büro weiter über diese gehäuften Zufälle um die roten Bademäntel: »stirbt es sich schneller oder leichter in einem roten Bademantel mit roten Herzchen …? Wo mag da der Zusammenhang liegen …?«

Auf jeden Fall schien ihm als modernes Textil-Schema festzustehen, dass die flauschige Schendler-Ware rot, sexy und gefährlich war …

Dann hatte er eine Idee. Deshalb wollte er es jetzt genau wissen. Im Fun-Out Hohenlimburg fragte er an der Info-Theke nach, die gerade von Tomte besetzt wurde: »Sag mal, Tomte, kannst du im System nachschauen, ob sich auch von anderen Fun-Out-Filialen welche hier eingecheckt haben?«

»Kein Problem, kann ich,« antwortete Tomte.

»Ja, dann schau doch mal nach,« fragte Kowalski, »ob in letzter Zeit jemand vom Fun-Out Dorsten hier war?«

»Okay, mach ich. Weil du es bist. Eigentlich darf ich das ja nicht. Aber hier …, am Donnerstag, den 15. Februar 2018, waren tatsächlich zwei Personen aus Dorsten hier, ein Mann und eine Frau …,« fand Tomte heraus.

»Interessant, von diesen zwei Personen da, Tomte, stehen da auch zwei Namen zu …?«

»Ja, Danny, ein gewisser Achim Schendler und eine Kathi Appelhoff.«

»Sieh an, der Schendler,« war Kowalski gar nicht mehr so überrascht, »hast du sie zufällig selber gesehen?«

»Ja, Danny, da haste Glück, denn ich war zufällig gerade hier.«

»Supiiii, Tomte, und wie sahen die aus?«

»Der Schendler, der hatte dunkle Haare und war so der Typ ›gut erhaltener End-Fünfziger‹,« erinnerte sich Tomte, »und die Kathi, ja die war echt ne Wucht, so ne richtig tolle schlanke Blondine mit langen Haaren. Deshalb kann ich mich auch so gut erinnern.«

»Danke, Tomte, du hast mir sehr geholfen.«

»Da nicht für, und tschö …,« verabschiedete sich Tomte.

Kowalski düste vom Fun-Out direkt zurück zur Hoheleye, wo er Fanny in ihrem gemeinsamen Büro erwischte: »Komm, Fanny, wir machen noch mal nen kleinen Ausflug.«

»Wohin geht's denn?«

»Wir müssen noch mal nach Dorsten. Ich erklär dir unterwegs, worum es geht.«

Auf dem Weg von Hagen nach Dorsten über die Autobahnen A 1, A 45, A 2 und A 43 hatte Kowalski genügend Zeit, um Fanny auf den neuesten Stand in Sachen rote Bademäntel zu bringen.

Er hatte aus dem Büro seinen alten Schulfreund Herbie angerufen, von dem er wusste, dass er im Fun-Out Dorsten fitness-mäßig aktiv war. Der hatte zufällig Zeit, und so verabredeten sie sich vor dem Eingang des Studios. Da Herbie in Schermbeck wohnte, hatte er es nicht weit und war bereits da, als die Kommissare ankamen. Begrüßung und Umarmung mit dem alten Kumpel aus den 1960er Jahren: »Hey, Alter, gut siehst du aus. Darf ich dir vorstellen: meine Kollegin Fanny Bevenbreucker.«

»Hallo Fanny, hallo Danny, dann will ich euch mal durch mein Fitness-Center führen,« strahlte Herbie energiegeladen und tatendurstig.

Zusammen begaben sie sich zur Info-Theke. Dort trafen sie erneut auf Carina. Da gab's deshalb auch kein langes Vorgeplänkel. Sie erkannte sie natürlich sofort wieder und fragte: »Hey, Herbie. Und die beiden Kommissare aus Hagen auch wieder mal im Lande. Was kann ich für Sie tun?«

In Fitness-Centern wird sich genauso selbstverständlich geduzt wie bei Facebook oder anderen modernen sozialen Medien, von daher war Carina's ›Sie‹ wohl eher dem Respekt vor zwei Kriminalpolizisten geschuldet.

Deshalb entgegnete Kowalski als regelmäßiger Fitness-Center-Besucher auch sofort: »Komm, Carina, wir können uns ruhig duzen. Ich bin das ja aus meinem Fun-Out in Hohenlimburg gewohnt. Ich heiße Danny, und meine Kollegin hier ist ja eh deine Generation, das ist die Fanny.«

Die kam dann auch sofort zur Sache: »Carina, such mir mal die Kathi Appelhoff aus eurer Kartei raus. Die müsste hier bei euch ne Kundin sein.«

Carina klackte ein paar Mal mit ihren Fingern auf der Tastatur des Computers herum, bis sie die Datei gefunden hatte: »Hier haben wir sie ja, Kathi Appelhoff, geboren am 7. April 1993, also 25 Jahre alt. Die wohnt in Dorsten, aber Moment mal, die ist ja eingecheckt, das heißt, sie ist gerade hier. Wenn ihr die direkt sprechen wollt …?«

Fanny: »Das wäre ja noch besser. Wie sieht sie denn aus?«

Carina: »Hier ist ihr Fun-Out-Foto, schaut mal, das ist sie, die schöne Kathi …«

Carina drehte den Monitor des PC's mit Kathis Foto zu den Dreien herum, so dass Fanny und Kowalski sich das Gesicht der hübschen Blondinen einprägen konnten.

Doch Herbie meinte: »Ach, die ist das. Ja, die kenn ich. Die ist mir schon mehrmals aufgefallen. Ich wusste bloß nicht, wie sie heißt. Ja, prima, ihr beiden, dann werde ich euch mal hier rumführen. Und wenn die junge Dame, also diese Kathi hier ist, dann werden wir sie auch finden. Allez …«

Kowalski dachte sich: »Gut, dass Fanny dabei ist. Ich hätte ja schlecht in die Damen-Umkleide gehen können, falls wir sie hier bei den Geräten nicht finden sollten ...«

»Danke dir, Carina,« verabschiedete sich Fanny von der Info-Theke, und mit Blick auf Herbie: »übrigens, ne super Idee, Kowalski, dass du gleich einen Mann vor Ort auftreiben konntest, der uns hier rumführt.«

Zusammen gingen die Drei erst mal zur Geräte-Fläche. Rechts auf den Bänken des kleinen Cafés saß niemand, der Kathi ähnlich sah. In den beiden Circuit-Trainingskreisen war sie auch nicht.

»Schau mal, Fanny,« dabei zeigte Kowalski auf die Geräte, die zu Trainingskreisen angeordnet waren, »so habe ich anfangs auch angefangen, mit dem Zirkeltraining. Erst das für Anfänger, und dann den hier für Fortgeschrittene.«

Weiter gingen sie durch einen großen Raum an der rechten Seite, und Herbie erklärte: »wenn wir hier weiter durchgehen, kommen wir in den Wellness-Bereich.«

Fanny ging da kurzentschlossen rein, aber die Sauna war gerade ganz leer, und im Ruheraum lagen nur ein paar schlafende Männer, keine Kathi.

Herbie führte sie zurück an dem Trainingsbereich vorbei und eine Treppe rauf, wo sie die Empore mit den Ausdauer-Geräten erreichten, wie Laufbänder, Fahrrad-Ergometer und Liege-Räder. Auch hier war Kathi nicht zu entdecken. Dann kamen sie zur Fläche mit viel Eisenwaren und Hantelbanken. Ebenfalls Fehlanzeige Kathi.

Herbie hatte dann noch den Vorschlag: »Wir schauen mal im Shiva-Raum nach, vielleicht macht sie ja dort Yoga?«

»Sehr gute Idee ...,« freute sich Fanny, die Yoga-Expertin.

Gut, dass sie Herbie dabei hatten. Denn der führte sie durch ein Gewirr von Treppauf und Treppab, das sie alleine nur mit Mühe gefunden hätten.

Sie gingen ihm einfach nach, eine Treppe runter, wendeten sich nach zwei Metern schon der nächsten Treppe zu, die sie wieder hoch stiegen. Dort fanden sie die Tür zu dem besagten Shiva-Raum. Fanny war hoch interessiert, wie wohl der Raum für Yoga-Gruppen aussehen mochte. Sie drückte sachte die Türklinke. Der Raum war nicht verschlossen. Vorsichtig öffnete sie die Tür, alle drei traten ruhig und ehrfürchtig ein, um niemanden beim Yoga zu stören. Sie hatten Glück, da machte sich eine einzelne junge Frau gerade warm, die Kathi sein konnte. Fanny schloss hinter sich die Tür, und Kowalski staunte nicht schlecht. Der große Raum wirkte durch seine warmen Farben, den Parkettboden und die zwei Buddha-Figuren ausgesprochen behaglich. Und dazu die gesuchte junge Frau, die sich harmonisch in den Raum einschmiegte. Kowalski würde wahrscheinlich auch in einem Beton-Bunker aufblicken, denn Kathi an sich war schon ein Blickfang. Sie hatte eine schlanke Figur, lange rot-blonde Haare, zu einem Zopf zusammen gebunden, und ihre wohlgeformten Rundungen waren in einen signalroten Body über schwarze Leggings ›gegossen‹, worüber sie locker ein gelbes Leibchen trug. Sie sah in ihrem eng anliegenden und offenherzigen Outfit aus, als würde sie gerade in eine Disco gehen. Als Fanny und Kowalski rein kamen, dehnte und streckte sie sich gerade zum Aufwärmen vor einem Spiegel, so dass sie gut zu beobachten war. Besonders ihr tief geschnittenes Dekolleté war bei bestimmten nach vorne gebeugten Bewegungen unübersehbar.

»Wirklich sehr sexy, die junge Dame,« dachte sich Kowalski, »na ja, gut, da haben wir sie ja wenigstens gefunden, und brauchen nicht noch die Suche durch Umkleide oder Nasszellen fortführen.«

Fanny eröffnete: »Tachchen, Frau Appelhoff, oder soll ich Kathi sagen …?«

»Kathi ist schon okay.«

»Das hier ist der Herbie, er hat uns durch das Fun-Out rumgeführt. Und wir beide sind von der Kripo Hagen, mein Kollege Kowalski, und ich bin Fanny Bevenbreucker,« dabei hielt sie Kathi ihren Dienstausweis unter die Nase.

»Ups, Polizei, ist was passiert …!?«

»Wir haben nur ein paar Fragen zu Ihrem Besuch im Hohenlimburger Fun-Out,« antwortete Fanny.

»Wieso wissen Sie denn, dass ich da mal war?«

»Wir sind die Polizei,« schmunzelte Kowalski, »und wir wissen alles.«

»Ja, dann schießen Sie mal los.«

»Wir wissen, dass Sie am 15. Februar dieses Jahres mit Achim Schendler in Hohenlimburg waren. Erzählen Sie mal, wieso kam es denn überhaupt dazu?« fragte Kowalski.

»Ja, das kam so. Der Achim, das ist so ein Sportsfreund von hier. Ja, der fährt immer mal gerne spazieren. Der fragte mich, ob ich nicht Lust hätte, mitzukommen. Ja, hatte ich. Ließen wir halt einfach mal den Sport sausen und fuhren ins Blaue. Achim fuhr los, und nach ein-zwei Stunden sind wir ins Ruhrgebiet gekommen.

›Guck mal, Kathi, Hohenlimburg,‹ meinte er, ›sollen wir uns mal das Schloss dort ansehen?‹

Ich war sofort Feuer und Flamme: ›Au ja, das machen wir.‹

Unterwegs von der Autobahnabfahrt Hagen-Süd zum Schloss sahen wir ein Hinweis-Schild zum Fun-Out.

›Schau mal, Achim, hier gibt es ja auch ein Fun-Out. Komm, das schauen wir uns mal an,‹ begeisterte ich mich spontan, und weil wir beide eh unsere Sportsachen dabei hatten, haben wir einfach umdisponiert und mal im Hohenlimburger Sportstudio Station gemacht.«

»Aha, aha, Kathi, und wie ging es dann weiter?« erkundigte sich Kowalski.

»Ja, wo wir schon mal grad in einem Fitness-Center waren, haben wir ein bisken Training gemacht. Wir hatten Sportschuhe und unsere Fun-Out-Karten dabei, das wollten wir uns nicht entgehen lassen …«

»Ja, supiii …,« grinste Fanny, »und dann?«

»Hinterher wollte ich auch noch in die Sauna, weil es war ja ein Donnerstag, also reine Damen-Sauna,« sinnierte Kathi freizügig, »Sie können sich ja sicherlich vorstellen, wie mich manche Männer in der gemischten Sauna anstarren, wenn ich da mal drin war. Nee-nee, da war Damen-Sauna genau richtig für mich.«

Herbie konnte es sich sehr gut vorstellen.

»Und Achim Schendler,« fragte Fanny, »was machte der in der Zeit?«

»Ich glaub, der trainierte auf der Fläche …,« versuchte sich Kathi zu erinnern, »aber Genaueres weiß ich auch nicht, denn ich war ja in der Sauna, und zwar ohne ihn. Sie wissen ja, Damen-Sauna.«

»Schön, schön,« hakte Kowalski weiter nach, »passierte noch was Aufregendes?«

»In der Umkleide lag merkwürdigerweise mein roter Bademantel mit den roten Herzchen auf der Bank. Ich dachte eigentlich, dass ich den gar nicht mit hatte …? Aber vielleicht hatte ja Achim, der ihn mir übrigens geschenkt hatte, den da für mich rein gelegt …? Oder von jemand dahin deponieren lassen …? Hab ich mir keinen Kopf drum gemacht, hab ihn angezogen, ging in die Sauna, machte dort einen Durchgang, duschte mich und legte mich noch ein wenig in meinen roten Bademantel gekuschelt im Ruheraum in einen Liegestuhl.«

Kowalski horchte auf, und begann still in seinem Kopf zu rechnen, ob das wohl mit dem verschwundenen roten Bademantel seiner Sportkameradin Maya übereinstimmen könnte: »wann war das noch, als Maya von ihrem verschwundenen Bademantel berichtete …? Ja, ich glaube, das könnte hin hauen, dass ich Mitte/Ende Februar davon erfuhr … Muss ich mal Maya danach fragen, ob sie noch das genaue Datum weiß, wann ihr Bademantel verschwunden ist. Wenn das so gewesen wäre, dann war das mit dem Ver- schwinden von Maya's Bademantel also nur ein Versehen und keine Dieb- stahlabsicht.«

»Welche Konfektionsgröße hatte denn Ihr Bademantel?« hakte Kowalski nach.

»Größe 38,« antwortete Kathi, »übrigens, mir fällt gerade ein, dass da hin- terher doch noch was Auffälliges passierte. Als wir im Fun-Out fertig waren, meinte Achim, ich sollte schon mal runter zum Wagen gehen, und gab mir den Auto-Schlüssel. Er hätte noch schnell was zu erledigen und käme dann gleich nach. Er hatte so zwei Päckchen unterm Arm, die er grad noch ab- geben wollte. Da er ja als Handlungsreisender arbeitete, dachte ich, das hat bestimmt damit zu tun, als er die Treppe hoch zu Noi's Thai-Massage ging. Währenddessen stieg ich direkt die Treppe runter zum Auto. Das war mir ganz recht so, denn der Aufzug des Hohenlimburger Fun-Out funktionierte nicht. Von daher reichte es mir völlig, nach dem Sport und der Sauna einmal die lange steile Treppe runter zu gehen. Da wollte ich im Treppenhaus nicht noch höher klettern. Aber Achim war ja voller Tatendrang, der war ja auch nicht in der Sauna gewesen … Nun gut, es hatte dann bei ihm wohl doch noch etwas länger gedauert. Ne halbe Stunde später kam er endlich angedackelt, aber ohne Päckchen unter‹ m Arm, dafür aber mit einem breiten zufriedenen Grinsen im Gesicht.«

Bei Kowalski fing es im Oberstübchen schon wieder an zu rattern: »wie war das jetzt noch mal mit dem kaputten Aufzug im Fun-Out Hohenlimburg? Wann war das? Und dann war da ja auch noch die Sache mit der Sex-Puppe und dem roten Bademantel …«

Er wurde in seinen Gedankengängen von der eifrigen Kathi unterbrochen: »ach ja, als ich dann wieder zu Hause in Dorsten war, da hing doch tatsächlich mein roter Bademantel im Schlafzimmer am Haken. Komisch, na ja, dachte ich, jetzt hab ich halt zwei Bademäntel, einen für zu Hause und einen fürs Fitness-Center …«

Sie bedankten sich bei Kathi für ihre bereitwilligen Auskünfte, verließen das Fun-Out Dorsten, verabschiedeten sich vor dem Eingang von Herbie, der noch mal zurück ins Fitness-Center ging, um eine Runde zu trainieren.

Shakira und die Fußball-WM-Songs

Nach den drei Fußball-WM's 2006, 2010 und 2014 mit Shakira-Songs fragte sich Danny Kowalski, ob seine Lieblings-Sängerin Shakira wohl aus den Puschen käme und auch für die WM 2018 in Russland einen neuen WM-Song rausbringen würde …?

Denn seine Verehrung galt immer noch dem kleinen blonden Gesangs- und Tanz-Irrwisch aus Kolumbien.

Er saß mit Fanny im Büro und blätterte eine Fußball-WM-Zeitschrift durch.

»Schau mal, Fanny,« schwärmte Kowalski, »die Shakira, wie die immer mit ihren Hüften kreist. Kannste das auch so?«

»Ach, Danny,« konterte Fanny, »das kann doch jede Frau …!«

»Prrssstttt …!« presste sich Kowalski ein Prusten zwischen den Fingern seiner vor den Mund gehaltenen rechten Hand, »bitte, mach mal vor, tu dir keinen Zwang an.«

»Datt hätteste wohl gerne, was …, dass ich hier für dich tanze … Nee-nee, Danny, da musste schon deine Frau zu Hause fragen, die macht das vielleicht …!?«

»Na jedenfalls, als ich mir dammals das Fußball-WM-Endspiel 2006 in Berlin anschaute, Italien im Finale gegen die Franzosen, der absolute Gähn-Kick, sach ich dir, boah, 1 : 1 nach Verlängerung,« erinnerte sich Kowalski, »gut, dass ich meinen TV-Höhepunkt bereits vor dem Spiel hatte, als bei der Abschlussfeier die tolle Shakira ihren Hit ›Hips don't lie‹ sang und dabei bezeichnend mit ihren gelenkigen Hüften kreiste.«

»Was du so immer an Fußball-Daten behältst, Danny …!?!«

»Ja, ja, Fanny, echt, an Shakira kann man bei einer Fußball-Großveranstaltung kaum noch vorbei kommen, seit sie 2010 bei der WM in Süd-Afrika mit ihrem ›Waka waka‹ die ganze Welt verzauberte …! Da zelebrierte sie mit dem kurzen Baströckchen über ihren kreisenden Hüften begeisternde Tänze mit einheimischen Kindern und Tänzerinnen.«

»Jep, Danny, echt Klasse, ein super Song, den hör ich immer noch gern.«

»Na guck, und seitdem Shakira mit dem spanischen Fußball-Weltmeister von 2010, Gerard Piqué, zusammen ist, da feuerten die Fans den Lebensgefährten von Shak immer mit ›Waka waka‹ an,« wusste Kowalski.

»Ja aber, Danny, weißt du denn auch, dass Shakira und Gerard Piqué inzwischen zwei Babys bekommen haben?«

»Klaro, Fanny, ich bin voll über Shakira's Familienleben informiert. Trotzdem hatte Shaki ja mit ihrem ›Dare La La La Brazil‹ die Fußball-WM in Brasilien 2014 eröffnet. Das war wirklich mucho Leggo-Leggo.«

»Ist deine Frau denn nicht eifersüchtig, wenn du so auf Shakira stehst?« wollte Fanny wissen.

»Ach was, wir haben Shakira doch vor 15 bis 20 Jahren für uns zusammen entdeckt. Denn wir stehen beide auf lateinamerikanische Musik. Außerdem ist Shakira ja auch eine sozial engagierte Frau, die sich zum Beispiel für die Straßenkinder in Kolumbien einsetzt und ihre Popularität nutzt, um Gutes zu bewegen.«

»Ja, sicher, da habt ihr recht, die Shaki ist voll krass gut drauf.«

»Außerdem finde ich, dass sich in der Familie Shakira & Piqué Fußball und lateinamerikanische Pop-Musik als gelungene Verbindung treffen. Und dann sieht sie ja auch noch super gut aus, die Frau, wonnich …!?«

»Ja, Danny, ist ja gut, ich glaub dir das ja schon mit deinem blonden Schwarm …«

»Auf jeden Fall hat Shakira uns deutschen Fußball-Fans mit ihrem dreimaligen WM-Song-Triple totales Fußball-Glück gebracht. 2006 bei der Fußball-WM in unserem eigenen Land, ich sach nur ›Sommermärchen‹, wurden die Deutschen Dritter. Dann 2010 in Süd-Afrika zu Waka-Waka-Zeiten, da schafften die deutschen Kicker erneut den dritten Platz. Und schließlich bei der WM 2014 in Brasilien hat sie uns vor dem Finale ›Dare La-la-la‹ gesungen und uns das Glück zum WM-Titel gebracht.«

»Ja, und wie geht's jetzt weiter, Danny, mit Shakira und Piqué, ihrem spanischen Fußball-Heroen?«

»Ich tippe ja auf Spanien als WM 2018 in Russland.«

»Da halte ich dagegen,« konterte Fanny, »und sach mal ganz keck, diesmal wird's Brasilien.«

»Aha, aha, aha, Fanny,« schaute Kowalski seine Kollegin erstaunt an, »du kennst dich ja nicht schlecht aus.«

»Die Brasilianer haben auf jeden Fall mit diesen gelben Trikots über blauen Hosen datt geilste Outfit.«

»Na gut, Fanny, wenn du meinst. Nee, wirklich, hasse ehrlich recht. Ich fand deren Trikot auch schon immer toll. Hätte mir ja fast so eins schon mal gekauft, so‹ n gelbet,« gab Kowalski zu, »datt war übrigens datt zweite Mal in meinem Leben. Beim ersten Mal in den 60ern, da hatte ich zwei Frottee-Shirts, ein rotet und ein weißet. Die hatte ich mir fast mal diagonal durchgeschnitten, um se danach wechselseitig rot-weiß wieda zusammen zu nähen, weil das dammals datt aktuelle FC Kölle-Trikot war. Gut, dass ich datt nich gemacht hab. Denn meine Mutter hätte mir wahrscheinlich den Arsch-voll gehauen, von wegen zwei zerschnittener Polo-Shirts …!?«

»Da hasse ja ma wieder voll Glück gehabt, Kowalski, watt …!?«

»Joh, hab ich, Fanny. Ich hatte ja gehofft, dass eine ausgeschlafene Shakira mit einem neuen WM-Song 2018 raus kommt. Bei der Eröffnungsfeier war sie nicht. Aber vielleicht wird's ja noch was bei der Abschlussfeier …? Ihr Piqué und Spanien kicken ja in Russland mit. Da werde ich wenigstens Shakira auf der Tribüne gucken können, was …!? Weilllll – wie es so schön heißt – das Auge kickt mit …«

»Ich hab da übrigens heute Morgen im Radio was Neues von Shakira gehört, Kowalski. Ich glaub, datt hieß ›Clandestino‹ oder so ähnlich. Kennste den Song schon?«

»Nee, hab ich noch nix von gehört, Fanny. Werde ich mir heute Abend mal auf YouTube anhören.«

Das tat Kowalski dann auch: das Lied hieß tatsächlich ›Clandestino‹. Shakira im Duett mit Maluma. Nachdem er sich das angehört hatte, dachte Kowalski: »nee-nee, ich glaub nicht, dass der Song sich als Hit durchsetzen wird. Der ist ja so watt von lahmarschig …«

Dann schaute er auch mal in der Google-Übersetzung, worum es da überhaupt geht. »Aha, ›Clandestino‹ bedeutet ›heimlich‹. Ob Shakira wohl ne heimliche Affäre mit Maluma hat? Ach was, dann würde sie wohl kaum einen Song öffentlich mit diesem 24-jährigen kolumbianischer Reggaeton-Sänger aufnehmen.«

   Allerdings las Kowalski morgens in der Tageszeitung, dass bei der spanischen Fußballnationalmannschaft über Nacht heimlich und schnell ihr alter Trainer Julen Lopetegui gegen den neuen Coach Fernando Hierro ausgetauscht wurde. Und zwar, weil Lopetegui sich für die neue Saison bei Real Madrid verdingt hatte. Das alles am Tage der WM-Eröffnung in Russland. »Mann-Mann-Mann, was für ein Chaos bei Espana,« dachte sich Kowalski,

»das betrifft dann ja auch Shakiras Lebenspartner Gerard Piqué, der beim spanischen Nationalteam als Verteidiger kickt. Und das ausgerechnet an dem Tag, als ich erstmalig vom neuen Shakira-Song ›Clandestino‹ höre. Ganz schön viele ›Heimlichs‹, was …!? Ist das jetzt wohl eher Zufall, oder gehörte das alles zum großen spanischen Plan …?«

»Okay, Kowalski, dann mal ein schönes Wochenende,« mit Schwung war Fanny durch die Tür und hörte noch im Rausgehen, wie ihr Kollege ihr ein fröhliches »Tschö!« hinterher rief.

Am nächsten Montag neckte Fanny ihren Kollegen Kowalski nach dem technisch hochklassischen und super dramatischen Spiel des portugiesischen Europameisters gegen den WM-Favoriten aus Spanien: »Na, haste auch am Freitagabend ›Christiano Ronaldo gegen Spanien‹ gesehen, das sagenumwobene 3 : 3 …?«

»Hör mir auf, Fanny, mit diesem Verbrecher …!? Der Ronaldo hat zwar gestern drei Buden geschossen, was ja eigentlich ziemlich erste Sahne wäre. Aber er gilt jetzt nach seinem Steuerprozess als vorbestraft, seine Haftstrafe von zwei Jahren wurde auf Bewährung ausgesetzt, und er muss eine Nachzahlung von sage und schreibe 18,8 Millionen Euro blechen. Unglaublich, Fanny, da verdienen diese jungen Burschen eh ein Schweine-Geld. Was sind das nur für Menschen, die immer noch gieriger sind, dass sie sogar zum Verbrecher werden, indem sie den Staat, also ihre eigene Gemeinschaft, um Millionen von Steuergeldern betrügen …!?«

»Aber datt musste zugeben, der Ronaldo, der hat doch ein paar tolle Six-Packs, wa ej, Kowalski, da kannste nich mithalten …!«

»Ach, Fanny, ich bin ja auch doppelt so alt wie dein Lieblings-Unterwäschemodell. Nee-nee, ährlich, wenn ich Unterwäsche-Modells angucken möchte, dann könnte ich ja gleich bei ›Victoria’s Secret-Dessous‹ vorbei schaun. Oder besser noch Shakira-Videos, die ist ja auch öfters mal leicht bekleidet …«

Nachdem Deutschland sein erstes WM-Spiel in Russland gegen Mexiko mit 0 : 1 verlor, war für Kowalski klar: »Sach ich doch, mit ihren WM-Songs hatte Shakira Deutschland bisher immer Glück gebracht. Ohne ne neue geile Shaki-Musik haben die deutschen Kicker kein WM-Glück mehr …«

»Ach, Danny, meinste daran lag datt gestern Abend, datt mit der deutschen

Niederlage gegen die jungen Mexe …?« konterte Kollegin Fanny, »ich glaub ja eher, datt da zwei unterschiedliche Arten der Vorbereitung aufeinander prallten. Guck se dir doch an, die jungen Dachse aus Mexiko, wie sie da schelmisch in die Kamera grinsten und voller Inbrunst ihre Nationalhymne mitgröhlten. Wahrscheinlich erinnerten sie sich daran, wie sie letztens den 30. Geburtstag ihres Stürmers Chicharito zusammen mit 30 jungen Escort-Frauen gefeiert hatten …!? Die deutschen Weltmeister dagegen schauten ruhig und gelassen, ganz nach dem System Jogi Löw, also tiefenentspannte Schwarzwälder Meditation, als würden sie sich aus dem TV-Sessel eine Doku über ihre größten Erfolge anschauen …!?«

»Ja, da haste recht, Fanny. Die Mexikaner waren einfach hungriger als die anscheinend zu satten deutschen Weltmeister. Dieses Phänomen haben wir ja in den letzten 20 Jahren schon dreimal erlebt. Der Weltmeister von 1998, Frankreich, schied bei der nächsten WM 2002 schon in der Vorrunde aus, ohne ein Tor geschossen zu haben. Und Italien, Weltmeister 2006 in Deutschland, hatte vier Jahre später, bei der WM in Süd-Afrika 2010, ebenfalls schon nach den Gruppenspielen ›fertig‹. Nicht besser ging es dem Weltmeister Spanien von 2010, die ebenfalls bei der nächsten WM in Brasilien 2014 nach der Vorrunde wieder nach Hause fahren mussten. Warum soll es den Deutschen dieses Mal besser gehen …? Zumindest nicht, wenn sie derartig lahm über den Platz traben, als würde sich eine Altherren-Mannschaft warm machen …!?«

»Du sagst es, Kowalski,« nickte Fanny, »auch deine Statistik behält wieder mal recht.«

»Apropos Statistik, Fanny. Die Deutschen haben ja letztes Jahr in Russland mit einer sogenannten B-Elf überraschend den Confed Cup * gewonnen. Und noch nie hat ein Confed-Sieger hinterher die anschließende WM gewonnen. Das sagt doch wohl alles über die nicht vorhandenen Aussichten der Deutschen bei dieser WM …!?«

---

* *Der FIFA-Konföderationen-Pokal, umgangssprachlich Confed Cup, ist ein interkontinentales Turnier für Fußballnationalmannschaften. Das ist ein Vorbereitungs-Turnier, das immer ein Jahr vor der eigentlichen WM im selben Land durchgeführt wird. Da machen immer 8 Mannschaften mit: die Teams der sechs Kontinentalsieger sowie des Titelverteidigers und des Veranstaltungslandes.*

In ihren Pausen quatschten die beiden immer mal wieder über die laufende WM. Dabei überraschte Fanny ihren Kollegen mit einer drolligen Wortspielerei: »Kowalski, weißte watt. Wenn die Shakira den Deutschen kein Fußballglück bringt, dann nehmen wir doch einfach Shaqiri, Xherdan Shaqiri. Der heißt fast genauso und ist Schweizer Nationalstürmer. Boah, der hat gestern Abend 20 Sekunden vor Spielschluss ne wunderschöne Bude zum Siegtor gegen Serbien geschossen. Ich sach dir, der hat sich vielleicht gefreut …! Riss sich sofort datt Trikot vom Leib, damit alle seine Muskeln und Six-Packs sehen konnten. Dabei ist der son Lütten unter 1,70 m, der ist nich viel größer als Shakira …«

»Joh, Fanny,« seufzte Kowalski, »Hauptsache Muskeln, was …!?«

»Ja, sach ma, Kollege, watt glaubse denn, warum wir Frauen uns überhaupt Männerfußball anschauen …!? Doch wohl kaum wegen der runden Bälle oder gar dem grünen Rasen …!?«

Dieses Mal überließ Kowalski seiner Kollegin besser mal das letzte Wort …

Während sie ein paar Tage später auf einen Anruf von Kommissar Querbock aus Coesfeld warteten, ereiferte sich Kowalski gegenüber seiner Kollegin: »Boah, Fanny, gestern war dein ›Lieblings-Sixpack‹ Ronaldo ja mal so was von unterirdisch. Erst versiebte er einen Elfmeter, den der iranische Keeper souverän hielt. Obwohl ich noch nie ein besonderes Faible für persische Torhüter hatte, applaudierte ich minutenlang laut, dass meine Frau staunte und fragte: ›Watt klatschte denn da …?‹ Und im selben Spiel etwas später hätte Ronaldo eigentlich eine rote Karte verdient gehabt, als er einen Iraner einfach aus dem Weg prügelte, erst links, dann rechts, ihn regelrecht zusammenschlug, wie ein pöbelnder Halbstarker …!«

»Mann-Mann-Mann,« konterte Fanny, »watt haste denn eigentlich immer mit dem Ronaldo?«

»Ja, liebe Fanny,« erklärte sich Kowalski, »genau da hat sich gestern Abend sein wahres Gesicht gezeigt. Immer wenn et nicht so läuft, wie er datt gerne hätte, dann isser schnell beleidigt, reklamiert dauernd, und schlägt wie ein verwöhntes Kind um sich. Nee-nee, geh mich wech mit dem Kerl …!«

Aber die deutschen Fußballfans hatte es noch viel schlimmer getroffen. Denn es kam, wie es kommen musste, tatsächlich eine Woche später. Die deutschen

Kicker schieden nämlich sang- und klanglos als Tabellenletzter ihrer Gruppe aus, nachdem sie auch ihr letztes Gruppenspiel gegen Süd-Korea verloren hatten. Danny Kowalskis Statistik-Orakel hatte Recht behalten.

Shakira ist ja eine gebürtige Kolumbianerin. Nun gut, sie hatte Deutschland dieses Mal kein WM-Glück gebracht. Denn die deutschen Fußballer hatten sich grandios von der WM verabschiedet. Kowalskis Aufmerksamkeit hatte nun Platz für andere Teams bekommen. Da schaute er sich mal die realen kolumbianischen Kicker an, weil die ja immer noch gut mitspielten, »und was die für kleidsame gelbe Leibchen tragen …«
Kowalskis Lieblingsfarbe war nämlich gelb, und schon als Kind wählte er beim ›Mensch-ärgere-dich-nicht-Spiel‹ immer das gelbe Püppchen. So hatte er natürlich genauso wie Shakira zu den Gelbhemden aus Kolumbien gehalten. Sie hatte sogar ihre beiden kleinen Söhne demonstrativ zur Unterstützung der Kolumbianer in die gelben Trikots gesteckt.

Und dann mussten auch die stolzen Spanier um Shakis Gerard Piqué im Achtelfinale die Segel ihrer Armada streichen: gegen die russischen Gastgeber nach Elfmeterschießen ausgeschieden. Russlands Keeper war der Held, und Spaniens Kicker-Helden waren die Deppen, Und wer war Schuld …?
»War ja klar, Kowalski,« amüsierte sich Fanny am nächsten Morgen beim Pausentee während ihres gemeinsamen Frühstücks, »natürlich war Shakira wieder an allem Schuld, wonnich? Ja, wo bleibt sie denn überhaupt? Hab sie bei dieser WM 2018 in Russland nicht einmal unter den Zuschauern gesehn … Und dann macht noch ihr Piqué das entscheidende Handspiel, das zum Elfmeter für Russland führte … Ja ja, ich sach nix mehr, von wegen ›Heimlichkeiten‹ mit Maluma oder Shakiras Song ›Clandestino‹ …«
»Nee, brauchste auch nich, Fanny,« resümierte Kowalski, »der wahre Grund für das Ausscheiden der Spanier war ihr verdammtes ›Tiki-Taka-Spiel‹.* Damit hatten sie die Welt 2010 erfreut, wurden dammals Weltmeister in Süd-Afrika, vorher und nachher sogar noch Europameister 2008 und 2012. Das hat

---

* _Tiki-Taka oder Tiqui-taca bezeichnet einen Spielstil im Fußball, der charakterisiert wird durch Kurzpassspiel und einen hohen Ballbesitzanteil der angreifenden Mannschaft. Dabei befindet sich fast die gesamte Mannschaft fortwährend in Bewegung und lässt den Ball durch ihre Reihen zirkulieren._

die Deutschen derartig beeindruckt, dass sie das dann auch übernahmen: glatt wurden sie 2014 mit dieser Spielweise Weltmeister. Aber jetzt – vier Jahre später – sind mit Deutschland und Spanien zwei Favoriten sehr früh mit ihrem ewigen Tiki-Taka-Ballbesitz-Fussball ausgeschieden. Dieses System hat sich anscheinend sowas von überlebt …!?«

Und dann schied bei dieser WM die Schweiz aus, mit ihnen kleines quirliges Shaqiri. Einen Tag später waren auch noch die gelb-weiß gekleideten Kolumbianer raus. Und mit denen Kowalskis letzte Hoffnung auf Shakiras Erscheinen.

Und Kowalski begann am nächsten Morgen zu reimen, und summte auf dem Weg zur Arbeit einfach drauf los:

> *»Alles ist vorbei, alles ist vorbei …*
> *die Spanier und die Deutschen sind schon raus,*
> *Ronaldo, Messi und Piqué – sind schon zu Haus,*
> *Alles ist vorbei, alles ist vorbei …*
> *auch für Shaqiri aus der Schweiz, und jetzt Kolumbien raus,*
> *Alles ist vorbei, alles ist vorbei …*
> *und Shakira war dieses Mal gar nicht dabei …«*

Finale

Als Erwin Haschke nach seiner Verurteilung in den Knast gewandert war, machte sein ehemaliger Geliebter Sascha Gesell mit seiner Frau Jutta erst mal 14 Tage Urlaub, um Abstand zu gewinnen. Sie fuhren mit dem eigenen Auto in die Toscana und machten dort eine Rundreise: Florenz, Greve, Ruta de Chianti Classico, Siena, Lucca und Pisa. Auf der Rückreise von Italien kamen sie kurz vor ihrem Heimatziel Havixbeck auf der Autobahn A 1 in einen Stau.

»Was für ein Mist …!« sagte Sascha zu seiner Frau, »da fahren wir 3500 km durch halb Europa und hatten nicht einen einzigen Stau. Und kurz vor dem Ziel stehen wir jetzt hier im Stau …«

Sie mussten kurz vor ihrer Abfahrt Münster-Süd am Stauende halten. Und von hinten fuhr ein LKW aus Litauen ungebremst in das Stauende hinein, voll auf sie drauf. Er war wohl durch irgendwas abgelenkt oder schlichtweg übermüdet. Jedenfalls waren Sascha und Jutta Gesell sofort tot und der LKW-Fahrer schwer verletzt.

Nachdem Erwin Haschke davon erfahren hatte, versuchte er über seinen Anwalt durch seine späte Aussage den Fall neu aufzurollen. Was ja schließlich auch von Erfolg gekrönt wurde.

Ein gewisser Achim Schendler aus Coesfeld kam ins Visier der polizeilichen Ermittlungen. Nachdem die Kripo Coesfeld die Handy-Daten von Mari Kirsipuu überprüft hatte, war rasch klar, dass wohl Achim Schendler der Liebhaber von Mari gewesen sein musste.

Hauptkommissar Querbock aus Coesfeld rief im Hagener Dezernat Z an.

»Kowalski, Dez. Zet.«

»Hier Querbock, Kripo Coesfeld.«

Kowalski stellte den Lautsprecher der Telefonanlage an, damit Fanny mithören konnte, und antwortete: »Hallo, Herr Kollege, was gibt es Neues?«

»Ja, deshalb rufe ich an. Durch unsere Recherchen ist hier der Achim Schendler aus Coesfeld ins Fadenkreuz unserer Ermittlungen gekommen. Morgen wollen wir den bei der Vernehmung ›grillen‹. Seid Ihr aus Hagen dabei?«

Fanny nickte begeistert, und Kowalski war auch ganz Feuer und Flamme: »aber so was von. Klaro sind wir dabei.«

»Allerdings,« schränkte Querbock ein, »für Sie, Herr Kowalski, gilt ›nur gucken‹. Denn Sie kennen ja diesen Achim Schendler persönlich, von früher. Von daher könnten Sie befangen sein. Ihre Kollegin, die Frau Bevenbreucker, kann natürlich bei der Vernehmung dabei sein.«

»Kein Problem, Herr Kollege,« war Kowalski verständig, »wir wollen ja den Fall nicht wegen solch einer unwichtigen Lappalie kippen lassen. Klar, ich halte mich zurück und schau nur zu.«

»Aber Sie beide könnten mir noch einen Gefallen tun, wenn Sie eh schon mal hierhin nach Coesfeld kommen. Fahren Sie doch bitte vorher im Fun-Out in Münster vorbei und befragen Sie dort das Personal nach den Anwesenheitsdaten der beiden kürzlich Verstorbenen, Sascha und Jutta Gesell, und dazu auch die vom Erwin Haschke. Weil sich hier die Ereignisse überschlugen, bin ich noch nicht dazu gekommen …«

»Ja, machen wir gerne. Erst nach Münster ins Fun-Out, und dann zur

Schendler-Vernehmung bei Ihnen in Coesfeld. Okay, dann bis morgen Mittag.«

»Tschö dann,« war der kurze trockene Kommentar aus dem Münsterland.

Am nächsten Morgen machten sich Fanny und Kowalski auf den Weg Richtung Norden, um das Fun-Out in Münster aufzusuchen. Sie fuhren in Hagen-Nord auf die Autobahn A 1 und blieben dort bis zur Abfahrt Münster Nord. Bei Nienberge verließen sie die Autobahn Richtung Osten. Rasch waren sie zwischen Kinderhaus und Handorf, alles im Norden von Münster gelegen. Bei Mariendorf, gleich hinter der Kanalbrücke über den Dortmund-Ems-Kanal, fanden sie das Fun-Out. Es hatte die Adresse ›An der Kleimannbrücke 50‹.

An der Info-Theke trafen sie eine Vanessa an, eine junge Frau mit brünetten kurzen Haaren. Sie stellten sich vor und zeigten ihre Ausweise.

»Womit kann ich helfen?« fragte Vanessa.

»Wir hätten gerne die Eincheck-Daten von Erwin Haschke und von Sascha und Jutta Gesell.«

»Oh, die beiden Gesells, die sind doch kürzlich tödlich verunglückt …«

»Ja, ja, das wissen wir, trotzdem brauchen wir die Daten.«

»Okay, ich suche Sie Ihnen raus,« womit sich Vanessa ihrem PC zuwandte und kurze Befehle rein hackte.

»Hier, das ist vielleicht für Sie interessant …? Jutta kam immer nur montags und donnerstags. Am Donnerstag haben wir hier Damen-Sauna,« damit drehte Vanessa den Monitor zu den beiden Hagener Kommissaren.

»Und die beiden Männer?« hakte Fanny nach.

»Moment, die haben wir gleich. Also Sascha Gesell kam nie montags und donnerstags, immer nur an den anderen Tagen, so als wären die beiden nie zusammen hierhin gekommen …!?«

»Und der Erwin Haschke?« fragte Kowalski.

»Moment, bei dem war es genauso, der kam auch nie montags und donnerstags, auch immer nur an den anderen Tagen.«

»Können Sie da Parallelen herausfiltern, also ob die beiden Männer an den selben Tagen hier waren?« fragte die pfiffige Fanny.

»Und ob ich das kann,« begeisterte sich Vanessa inzwischen für ihre Aufgabe, »tatsächlich kamen die beiden Männer in der letzten Zeit immer an den selben Tagen, als hätten sie sich verabredet …!?«

»Wie weit geht das System denn zurück?« hakte Kowalski ein.

»Och, jahrelang … Wie weit wollen Sie es denn wissen?«

»Schauen Sie mal bis zum Sommer 2010, speziell da im Juni,« bat Kowalski.

»Ja, kein Problem, das haben wir gleich. Ja, wirklich, dasselbe Muster, die beiden Männer kamen regelmäßig dreimal die Woche, aber immer zur gleichen Zeit hierhin. Bis auf …: in der Zeit vom 10. bis 24. Juni 2010, da kamen sie gar nicht, beide fehlten genau zwei Wochen, komisch, was …!?«

»Danke, Vanessa, damit haben Sie uns sehr geholfen. Tschüss dann, und einen schönen Tag noch,« verabschiedete sich Kowalski.

»Ciao-ciao,« flötete Fanny, und die beiden verließen Vanessa und das Fun-Out Münster, um sich danach direkt zur Kripo nach Coesfeld zu begeben. Dort wartete Kommissar Querbock mit der versprochenen ›Grillung‹ des Achim Schendler. Wie verabredet blieb Kowalski draußen vor der Scheibe des Vernehmungsraumes. Querbock und Fanny gingen zu Schendler rein.

Bei der Vernehmung hatte Achim Schendler gar nicht lange geleugnet, dass er mit Mari zusammen gewesen war.

»Ja, stimmt, wir wurden ein Paar. Erst war es nur eine Bekanntschaft aus dem Fun-Out in Dorsten. Dann verbrachten wir mehr und mehr Zeit miteinander und kamen uns näher, weil ihr Mann sie stark vernachlässigte. Irgendwann hat es dann bei uns geschnackelt. Da fielen wir wie zwei Verdurstete übereinander her und vögelten uns die Seelen aus dem Leib,« erzählte Schendler locker daher.

Von Querbock auf die Tötung von Mari angesprochen, wies Schendler das jedoch weit von sich: »aber warum sollte ich Mari denn umbringen, Herr Kommissar? Ich liebte sie doch. Sie sah toll aus. Sie fuhr auf mich ab, und wir bumsten total gerne miteinander. Da gab es doch gar keinen Grund, sie zu töten …!? Lebendig war sie mir doch viel lieber …!«

Inzwischen hatten Querbocks Techniker in Coesfeld jedoch die Aufenthaltsdaten von Schendlers Handy mit denen des Navis von Erwin Haschkes Wagen abgeglichen.

»Und siehe da,« dachte sich Kowalski draußen vor der Scheibe, »der schöne Achim Schendler hatte sich aber anscheinend als gar nicht so clever erwiesen …!«

Tatsächlich kam heraus, dass Achim Schendler genau in jener bedeutenden Nacht vom 18. auf den 19. Juni 2010 an identischen Handy-Peilungsorten wie Erwin Haschkes Volvo unterwegs gewesen war.

Mit diesen Ergebnissen von Fanny konfrontiert, brach Schendler schließlich zusammen: »Ja, stimmt, es gab einen Streit zwischen Mari und mir. Sie wollte immer reisen, ich aber nicht. Sie schrie mich an: ›Du kannst mich immer ficken, wo du willst, aber dafür sollten wir immer woanders sein, am besten auf Weltreise, jede Nacht in einem anderen Hotel …!!!‹ Entschuldigen Sie die rüde Sprache, Frau Kommissarin, aber genau das waren die erzürnten Worte von Mari. Sie steigerte sich da richtig rein. Ich wollte dagegen nur gemütlich zu Hause am Kamin sitzen, mit ihr bumsen und mich von ihr ›reiten‹ lassen. Denn ich war schon den ganzen Tag beruflich unterwegs. Das reichte mir, da wollte ich nicht noch in meiner Freizeit unterwegs sein. Deswegen haben wir uns gestritten und gefetzt und geschubst und gestoßen … Auf einmal lag sie da. Sie war mit dem Kopf auf die harte Tischkante gefallen. Und whupp, plötzlich war kein Leben mehr in ihr. Da hab ich den Kopf verloren, sie in ihren roten Bademantel gewickelt und weggeschafft …«

In Tränen aufgelöst und wie ein heulendes Häufchen Elend lag Achim Schendler halb auf dem Tisch, nachdem alles aus ihm raus gesprudelt war.

»Herr Achim Schendler, ich verhafte Sie hiermit wegen des Verdachts, Mari Kirsipuu getötet zu haben,« mit diesen Worten lehnte sich Kommissar Querbock in seinem Stuhl zurück und wandte sich an den Justizbeamten, »bringen Sie bitte den Herrn Schendler in U-Haft. Alles weitere, ob es sich bei diesem Tötungsdelikt um Mord, Totschlag, fahrlässige Tötung oder einen Unfall handelte, muss vor Gericht geklärt werden.«

Der Justizbeamter brachte Schendler zurück in seine Zelle. Kowalski begleitete die beiden und bat, kurz noch mal mit dem Angeklagten sprechen zu dürfen.

»Na, Achim, dieses Mal haste dich aber selbst in die Scheiße rein gerissen …!?« eröffnete Kowalski das Gespräch.

»Ach, Danny, du hast ja recht. Ich hätte es sofort melden sollen, als Mari bei unserem Streit gegen die harte Tischplatte gekracht ist. Vielleicht wäre ich damals mit ›Unfall mit Todesfolge‹ noch glimpflich davon gekommen …?«

»Ja, ja, Achim, durch deine ganzen Vertuschungsaktionen hast du deine Situation in dem Fall sicherlich nicht verbessert. Aber ich bin wegen ner anderen Sache zu dir hier mit runter gekommen. Was war denn eigentlich letztlich los, da in Hohenlimburg, als du mit der kleinen Kathi im Fun-Out zu Besuch warst?«

»Die Sache meinst du, Danny. Ach, das spielt ja jetzt auch keine Rolle mehr. Du meinst, als ich da die Sex-Puppe mit dem roten Bademantel in den stehen gebliebenen Lift gequetscht habe …?«

»Das warst du also, du alter Spaßvogel …!?«

»Wie, hast du das gar nicht gewusst, Danny?«

»Nee, aber geahnt, nachdem mir Kathi Appelhoff von eurem Ausflug zum Hohenlimburger Fun-Out erzählte, und wie du dann alleine die Treppe hoch gingst, und erst ne halbe Stunde später mit einem breiten Grinsen wieder kamst … Und wie haste das gemacht? Wie haste die Sex-Puppe da rein gekriegt?«

»Das war so: der Lift hing damals auf der Höhe von Noi's Thai-Massage-Studio fest. Du weißt ja, ich war schon immer handwerklich begabt. Ich hab die Schiebetür ein bisken watt offen gekriegt, und hab dann die Sexpuppe mit dem roten Bademantel durch den Schlitz gedrückt. Da lag sie dann da drinnen im Lift, als wäre es ne Blondine mit Bademantel. Danach hab ich den Lift so manipuliert, dass er runter ging, aber nur bis auf halbe Treppe zum Fun-Out, wo er dann erst mal stecken blieb.«

»Ja, und warum das alles, Achim?«

»Mann, wa doch klar, eh …!? Datt sollte ein Ablenkungsmanöver sein. Ich hatte doch schon mitbekommen, dass sich die Bullen, eh-eh, sorry, ich meine, die Polizei, in meinem Bekanntenkreis rumgehört hatte. Da wollte ich sie mit dieser Geschichte in Hohenlimburg auf ne falsche Fährte locken. Wo doch die Mari auch da in der Nähe zwischen Hagen und Hohenlimburg gefunden wurde …!

»Echt grandios, Achim, so grandios und verrückt, wie schon früher immer deine Einfälle waren. Aber geholfen hatte diese Sex-Puppen-Story dir überhaupt nix. Datt einzige, watte damit erreicht hast, war, datt da ein Riesen-Bohei entstand. Als sich nämmich der Lift eines Tages selbständig machte und bis zum Parterre runter zuckelte, dort aber auch weiterhin verschlossen blieb. Nur durch einen Schlitz konnte man erkennen, dass da wohl ne Blondine im roten Schlafrock lag …«

»Na guck, Danny, war doch ne super Ablenkung.«

»Na ja, nicht so wirklich, Achim. Also dann, ich mach mich mal vom Hocker, wonnich. Mach et gut, Alter, vielleicht wird et ja für dich gar nicht so schlimm vor Gericht …!?«

»Dein Wort in Gottes Ohr, Danny, ciao-ciao.«

Mit diesem grandiosen Finale im Fall Mari Kirsipuu/Mimi Yksimäki läutete Kowalski sein persönliches Wochenende ein. Er verabschiedete sich freundlich von Hauptkommissar Querbock und fuhr dann mit Fanny zurück nach Hagen. Dabei freute er sich schon auf das Finale der russischen Fußball-WM in Moskau am kommenden Sonntag, den 15. Juli 2018.

Danach saßen im Hagener Präsidium Fanny und Kowalski bei Bandura zusammen und berichteten ihrem Chefe über ihre Ergebnisse in Münster und Coesfeld. Der nickte alles durch, weil ihm im Moment in Punkto Ergebnisse anderes im Sinne stand: »Mensch, ihr beiden, gute Arbeit. Mann-Mann-Mann, punktgenau kurz vor dem Finale der WM in Russland habt ihr den Fall gelöst. Echt, super Ergebnis …!«

Bandura war offensichtlich schon in Feierabend-Stimmung: »kommen wir jetzt nach getaner Arbeit zum wirklich wichtigen Thema, Fußball …«

»Hört, hört, die Signale …,« unterbrach ihn Fanny.

Doch Bandura ließ sich nicht beirren: »Ja, Fanny, datt hätteste nicht gedacht, wa …!? Denn Fußball ist unser Leben …!«

Kowalski stimmte mit ein: »Damm, damm!«

Und Fanny warf sich kichernd und prustend in ihren Sessel.

»Also lasst uns zum gemütlichen Teil übergehen …,« grinste Bandura, »apropos super Ergebnis, watt haltet ihr denn nun von der WM?«

»Ach, Chefe,« lehnte sich Kowalski auf dem Besuchersessel in Banduras Büro bequem zurück, »erst war es ja sehr mühselig bis langweilig, wie sich die ganzen Top-Mannschaften mit knappen 1 : 0-Siegen oder gar Unentschieden gegen die sogenannten Fußballzwerge abmühten. Bis auf die Russen mit ihren zwei 5 : 0 und 3 : 1-Siegen und den grandiosen Belgiern mit ihren beiden 3 : 0 und 5 : 2-Siegen, das hatte dann schon eher was von einem Fußballfest. Aber es war ja klar, dass es bei denen dann schon anders aussah, wenn erst richtig gute Gegner kamen.«

»Ja, da haste Recht, Kowalski,« schmunzelte Bandura, »deshalb kommen meine neuen Favoriten aus Kroatien. Die spielten ja schon immer einen schönen Fußball. Aber wie die die Favoriten aus Argentinien um Messi mit 3 : 0 abgeschossen haben, das war wirklich großes Kino, wonnich …!?«

Kowalski schwärmte dagegen mehr für die Franzosen: »Mensch, Chefe, haste datt auch gesehen, da im Achtelfinale? ›Allez les Bleus‹, wunnebaa …, wie die Franzmänner die argentinischen Gauchos um Messi mit 4 : 3 nach einem phantastischem Spiel aus dem Wettbewerb geschossen haben …?«

»Genau, Kowalski,« schmunzelte Bandura, »und dann gleich noch hinterher das 2 : 1 der Urus gegen die Mannen um Ronaldo aus Portugal, Team-Player schlagen Super-Star.«

Fanny guckte erst gelangweilt. Aber als sie das hörte, meldete sie sich vehement zu Wort: »Schade, kein Ronaldo, kein Six-Pack …«

»Ach, Fanny,« konterte Kowalski, »dein Favorit waren doch die Brasilianer wegen ihrer schönen gelben Trikots. Weißt du denn eigentlich, dass heuer zwischenzeitlich sogar eine rein theoretische Chance für eine Wiederholung des 1958er Finals bestand, als dammals zwei Teams mit gelben Hemden unter sich waren, Brasil gegen Sverige …, kaum zu glauben,wa..?!«

»Ja, sach ma, Kowalski,« stöhnte Bandura, »gut, dass Schweden nicht mehr Weltmeister werden kann. Sonst hätten se hier in Germany bestimmt angeführt, dass ›WIR‹ gegen den Weltmeister gewonnen und vor allem zwei Tore gegen Schweden erzielt haben.«

»Seufz,« war Kowalskis klare Meinung zu solch einem nicht mehr möglichen Finale.

»Nur gut, dass die Russen im Viertelfinale nach dem gegen Kroatien verloren gegangenen Elfmeterschießen rausgeflogen sind,« ereiferte sich Bandura, »stell dir vor, die Russen wären Weltmeister geworden …!? Da hätten wir aber die Kacke am Dampfen, was …!? Da brauchen wir uns jetzt auch wenigstens keine Gedanken mehr darüber zu machen, ob die russische Fußball-Nationalmannschaft gedopt gewesen war, wonnich …!?«

»Jau jau, haste recht, Chefe. Aber jetzt mal ehrlich: nachdem die vielen und endlosen Vorrunden-Spiele endlich vorbei waren, und auch die Deutschen schon zu Haus, da fing die WM erst mal richtig an, mit spannenden K.o.-Spielen, danach machte es auch wieder richtig Spaß,« echauffierte sich Kowalski, »besonders gefielen mir da die Franzosen, die Belgier und die Brasilianer.«

»Genau, Kowalski, das Halbfinale England gegen Kroatien war ja schon sehr spannend,« meinte Bandura, »aber das Endspiel zwischen Frankreich und Kroatien wird dann sicherlich wohl die Krönung …?«

»Na, dann freuen wir uns mal aufs WM-Finale, was, Chefe?« klopfte Kowalski seinem Chefe Bandura vor dem letzten WM-Wochenende bestätigend auf die Schulter.

»Na, denn mal ein schönes Wochenende, Ihr beiden,« wünschte ihnen Bandura. Er war eh ein konsequenter TV-Gucker, wenn es um Fußball ging: »ja, klaro, Kowalski, die Halbfinals haben wa erledigt, und dann noch das Endspiel. Schaun wa ma …«

Epilog

… Ja, und wer wurde dann der neue Weltmeister?

»Ich sach da nur ›Allez les Bleus‹, wonnich?« meinte Kowalski, »hab ich doch vorher schon gesagt. Das war zwar nicht der Champagner-Fußball wie beim ersten WM-Titel der Franzosen 1998, damals mit Zidane, aber Frankreich ist verdient Weltmeister geworden. Vive la France!«

»Genau, Kowalski,« resümierte auch Bandura, »in diesem überraschend torreichen WM-Finale haben die Franzosen die tapferen Kroaten verdient mit 4 : 2 geschlagen. Und dann war das auch noch das torreichste Endspiel seit 60 Jahren, als 1958 die Brasilianer mit dem jungen Pele 5 : 2 gegen Schweden gewannen.«

Und was wurde aus Okka Yksimäki aus Kirjokivi und den anderen Finnen und Esten?

Okka arbeitete kurz vor der Rente immer noch froh und munter als Hausdame des Kirjokivi Manor, immer fröhlich ihr Lieblingslied ›Ohne Krimi geht die Mimi nie ins Bett‹ vor sich her pfeifend oder summend.

Ihr Ex aus den 80ern und Mimis leiblicher Vater, der Sauna-Bauer Jukka Tollonen, erlebte jedoch die Jahrtausendwende nicht mehr, denn er starb 1999 bei einem Unfall, als er beim Flößen zwischen zwei Baumstämme geriet und ertrank.

Der estnische Seemann Artjom Tamm trank sehr viel, zu viel. Das machte seine Leber nicht mehr mit. 2005 gab er den Seemanns-Löffel endgültig ab.

Und die Norddeutschen? Acki Schwollo hatte nix gelernt, außer brutaler Gewalt und Zuhälterei. So kam für ihn das, was eben so kommen musste: irgendwann geriet er an den Falschen. Der neue große Mann auf St. Pauli ließ ihn schlicht und einfach beseitigen. Acki war ihm lästig geworden.

Wolfgang Kanter hatte da mehr Glück. Seine Blutungen am Kopf überlebte er gerade noch mal. Ein Jahr im Krankenhaus und anschließende Reha hatten ihn zum Nachdenken gebracht. Und es war ihm eine Lehre gewesen, dass er so nicht mit Frauen umgehen durfte. Der Hamburger verlor zwar durch seine lange Auszeit sein Immobiliengeschäft, aber Geschäftsmann blieb er trotzdem. ›Blumen Kanter‹ steht jetzt über seinem Floristik-Laden neben dem Hauptbahnhof.

Die Münsterländer hatten ja einen entscheidenden Anteil an dieser Geschichte. Erwin Haschke aus Dülmen wurde nach Wiederaufrollung des Falles ›Mari Kirsipuu/Mimi Yksimäki‹ von der Mordanklage frei gesprochen. Er kam kurze Zeit später aus der JVA Münster frei und kehrte in sein Haus in Dülmen zurück. Er musste sich nur noch wegen Falschaussage und Behinderung einer Mordermittlung verantworten. Eine Entschädigung für seine Zeit im Gefängnis erhielt er aber nicht.

Sascha und Jutta Gesell aus Havixbeck starben ja schon im Laufe dieses Romans bei einem Verkehrsunfall.

Und Achim Schendler aus Coesfeld musste sich nun statt Erwin Haschke für Maris Tod vor Gericht verantworten. Er sitzt in U-Haft in der JVA Münster und wartet auf seinen Prozess.

Vanessa bediente weiterhin die Info-Theke im Fun-Out Münster, und Carina arbeitete immer noch im Fun-Out Dorsten.

Kathie Appelhoff aus Dorsten konnte jetzt nicht mehr mit dem ›schönen Achim‹ durch die Gegend zuckeln. Was diese junge attraktive Frau überhaupt an dem ›alten Knacker‹ Schendler fand …!? Stattdessen turnte sie vor dem Spiegel an der Wand des Shiva-Raums im Fun-Out Dorsten und brauchte bestimmt nicht lange auf ihren nächsten ›Prinzen‹ warten.

Herbie aus Schermbeck erfreute sich an seinem großen Garten mit Teich und den verschiedenen Tieren darin, seit neuestem auch dem Entenhaus. Zudem engagierte er sich weiterhin gerne für den Verein Ketaaketi (auf nepalesisch bedeutet das Wort ›Kinder‹). Das ist eine ›Gesellschaft zur Unterstützung der Grundschulbildung ärmster Kinder und ihren Eltern in Nepal und weltweit‹ . Die UNESCO zeichnete Ketaaketi 2008 für ihr innovatives Konzept der partnerschaftlichen Entwicklungsarbeit mit dem Nachhaltigkeitspreis ›Dekade Projekt – Bildung für eine nachhaltige Entwicklung‹ aus. Und ins Fun-Out Dorsten ging er gerne, wenn's ihm danach war.

Hauptkommissar Günter Querbock aus Dülmen machte nach diesem Fall erst mal Urlaub, den er aber nicht in Finnland verbringen wollte.

Jesemiah Jacobus aus Bochum-Laer gehörte zu den losen Enden, die nach Auflösung des Falls nicht mehr weiter verfolgt zu werden brauchten. Er wurde ja als skelettierte Mumie im Hagener Hohenhof aufgefunden, hatte sogar wie so viele andere in diesem Fall ein Etikett eines Steilmann-Produktes unter sich liegen, aber letztlich nix mit diesem Fall zu tun gehabt.

Zur selben Fraktion ‹ der losen Enden› gehörten JV Meyer aus Iserlohn und Lia Böchterbeck aus Castrop-Rauxel, beide frühere Finnland-Reisende, die Kowalski nicht weiter zu befragen brauchte.

Und schließlich die Hagener und Hohenlimburger, was machten die so …? Hauptkommissar Bandura freute sich nach der Fußball-WM in Russland auf die BULI, was ebenfalls für Danny Kowalski galt, der wiedermal eine BU-LI-Tipp-Runde mit Werner Sperling und Hannes Engelmann bei Conny im Kaffee im Quadrat organisiert hatte. Derweil brachte Danny zu Hause seine Frau Moni und ihre gemeinsame Katze Lilli zum Schnurren. Wogegen er seine Kollegin Fanny Bevenbreucker nicht zum Schnurren zu bringen brauchte, denn die schnurrte von alleine, besonders wenn sie wieder mit ihrer Lach-Yoga-Gruppe am Giggeln war. Vielleicht sollte sie da mal Anna Kokoschka mitnehmen, die Gerichtsmedizinerin aus Dortmund, damit diese ein wenig mehr zu lachen hätte …? Thorsten Schütze von der Bio-Station in Haus Busch arbeitete dort weiterhin an und in der Natur, im Gegensatz zu seinen vier Bufdis von 2015, mit denen zusammen er die skelettierte Leiche gefunden hatte. Die Wegeinfahrt an der Hammacherstraße, an der die Tote gefunden wurde, direkt hinter der Autobahnbrücke über die A 46, die würde übrigens so oder so nicht länger für Totenruhe gesorgt haben. Denn diese Stelle wurde im April 2018 dafür bekannt, dass dort NRW's erste ›Lego-Brücke‹ gebaut wurde. Lego-Brücke deswegen, weil die vorher woanders betonierten Teile vor Ort nur noch zusammengesetzt werden brauchten. Dadurch konnte der Bau der Brücke erheblich schneller als normal realisiert werden. Man sprach von nur 99 Tagen Bauzeit nach Abriss der alten Brücke.

Jedenfalls hätte die skelettierte Mari dort keine Totenruhe mehr gehabt. Da wo sie bis 2015 lag, wurde zum Neubrückenbau erst ein Erdhügel angehäuft, dann eine riesige Spundwand errichtet, woran sich nach und nach ein ameisenhaftes Bauarbeitergewusel Tag und Nacht um die neue Lego-Brücke kümmerte. Die alte Brücke war schon abgerissen worden, und Danny Kowalski war gespannt, ob sie es wirklich in nur 99 Tagen schaffen würden …!?

Im Juli 2018 waren die Lego-Elemente bereits als Brücke sichtbar. Und die fleißigen Bauarbeiter schafften es tatsächlich: nach 100 Tagen konnte die ›Lego-Brücke‹ am 30.07.2018 für den Verkehr wieder frei gegeben werden.

Die Grauwacken-Felsen, die einst Heinrich Friedl als Mitarbeiter des Hagener Grünflächenamt dort deponieren ließ, waren inzwischen kaum noch unter all dem Bauschutt auszumachen. Er hatte ja alles gut im Blick, wohnte schließlich unweit der Baustelle, ebenfalls an der Hammacherstraße. Zwischendurch ging er dann auch schon mal ins FunOut Hohenlimburg, wo er Danny und die anderen beim Trainieren traf, wie die fleißige Ella, die auch ein erneuter Fahrstuhl-Ausfall nicht davon abhielt, sich in die erste Etage zu schleppen, wo das FunOut residiert. Dessen engagierte Managerin Carola machte in ihrer Freizeit Musik mit ihrer Gruppe ›XReflex‹ und stellte dabei ihre Zuschauer bei jeder Menge Auftritte zufrieden. Danny traf in Elisa's Rückengruppe seinen Sportsfreund Horst aus Dahl, der mit seiner Frau auch öfters mal in Holland Urlaub machte, und den rührigen HK, der mit seiner Lebensgefährtin zwischen Spanien und Deutschland pendelte, oder Maya, die inzwischen glücklich war, seit sie wieder ihren roten Bademantel mit Herzchen tragen konnte. Denn Danny hatte zwischen Kathie Appelhoff aus Dorsten und Maya solange und eindringlich vermittelt, bis Maya ihren Bademantel zurück hatte, und zwar frisch gereinigt und kaum benutzt. Dabei halfen aus dem FunOut Hohenlimburg besonders der freundliche Tomte von der Info-Theke, und der leitende Fitness-Trainer Eddy mit seiner großen Familie aus den Philippinen, sowie der aufmerksame Geschäftsführer Thomas aus Berchum, die alles dafür taten, um ihre Kundinnen und Kunden zufrieden zu stellen.

Finnisch für Anfänger

Obwohl Finnland zu Skandinavien gehört, ist das Finnische eine völlig andere Sprache als Schwedisch, Norwegisch und Dänisch, die alle miteinander verwandt sind. Die finnische Sprache dagegen gehört zur finno-ugrischen Sprache, wie auch Estnisch und Ungarisch. Obwohl Finnland und Ungarn keine Nachbarländer sind, entstand diese Zusammengehörigkeit des Sprachstammes aus der Zeit der großen Völkerwanderungen.

Das Finnische ist eine äußerst schwierige Sprache mit 14 Fällen.

Hier nur ein paar Wortbrocken zum Anwärmen für die ersten Kapitel dieses Romans.

Danke = kiitos

Vielen Dank = kiitoksia paljon

Vielen Dank für die tolle Liebe = Kiitos paljon rakkautta

ich liebe dich so sehr = Rakastan sinua niin paljon

ich liebe dich = Rakastan sinua

eins, zwei, drei = yksi, kaksi, kolme

eins, zwei, drei, wer hat den Ball? = yksi, kaksi, kolme, joka on pallon?

Deutschland = Saksa

Prost = Kippis

Literaturverzeichnis

dpa – ›Finnen sind die glücklichsten Menschen‹, in: Westfälische Rundschau Hagen, 15.03.2018

Lokalkompass Hagen, Tatort Hagen: ›skelettierte Leiche in Hagen gefunden‹, 11.08.2015

Martin Weiske – ‹ Nach Skelett-Fund in Hagen ermittelt die Mordkommission‹, in: Westfalenpost Hagen, online, 12.08.2015

ots, Polizei Münster – ›Festnahme nach Leichenfund‹, 09.12.2016

›Nach Leichenfund in Herbeck nimmt die Polizei den Ehemann der Toten fest‹, 09.12.2016, https://www.wr.de/staedte/hagen/nach-leichenfund-in-herbeck-nimmt-die-polizei-den-ehemann-der-toten-fest-id208933603.html

dpa – ›Totschlags-Prozess gegen Ehemann, nach Leichenfund in Hagen‹, 05.06.2017, in: https://www.wr.de/panorama/nach-leichenfund-in-hagen-totschlags-prozess-gegen-ehemann-id210797899.html

.08.2017, in: https://www.wr.de/staedte/hagen/leichenfund-im-lennetal-ehemann-muss-sieben-jahre-in-haft-id211680653.html

›Lachen ist Glück‹, über Lach-Yoga – Petra Marth, in Viactiv, Bochum, Frühling 2018

fs/sid – ›Russland verweigert Seppelt Einreise‹, in Westfälische Rundschau Hagen, 12.05.2018

Danke an alle

Ich möchte mich bei den vielen Menschen bedanken, die tat- und ratkräftig dabei mitgeholfen haben, diesen Roman fertig zu stellen:

- besonders meiner Lektorin und gleichzeitig lieben Frau Petra, die mir nicht nur den Freiraum gibt, mich kreativ in meinen Romanen auszuleben, sondern mich auch beim Diskutieren des Manuskriptes unterstützte. Sie war mir eine große Hilfe in Fragen der Grammatik, des Stils und der Logik und hat damit dazu beigetragen, dass ich in den letzten Jahren des Öfteren Lob für eine positive Fortentwicklung meines Schreibstils bekommen habe.

- unserer gemeinsamen Katze Lilli, diesem halb-norwegischen Raubtier, die uns mit vielem Schnurren und flauschigen Streicheleinheiten innere Ruhe und Behaglichkeit gibt.

- meinen ehemaligen Hagener Arbeits-Kollegen und Fußballern Bernd Stieglitz und Reiner Einemann für ihre fußballerische Kompetenz.

- allen Mit-Sportlern und Sportlerinnen, sowie Trainern und Trainerinnen aus dem Injoy Hohenlimburg: Ulla Hohmann, Sabine Starke, Horst Jahndorf, Horst Klaumann, Friedrich Riegel, Thorsten Kielmann, Claudia Wehberg, Regine Hacke und Dennis Viardo, fürs sportliche Miteinander, sowie Hubert aus dem Injoy Dorsten fürs Rumführen.

- da stand ich 2017 mit Roland Hermsdörfer vor dem Hagener Hohenhof. Spontan gab er mir die Geschenk-Idee für einen zukünftigen Krimi. Zitat Roland H.: »Näheres in einem der nächsten Romane von Manfred ›Wallace‹ Schloßer.«

- auch an Schädel ›Elvira‹ aus Datteln-Meckinghoven (das ist das Schädel-Modell von der Titelseite), die mal eine junge Frau war, die bei Straßenarbeiten ausgebaggert wurde. Mein Vadder Theo übernahm sie vor Jahrzehnten. Bei ihm stand sie jahrelang in seiner Seemanns- und Piraten-Bar im Schürenheck. Jetzt wartet sie auf ihre zweite Bestattung auf dem Dattelner Friedhof.

- außerdem auch bei Frau Melanie Bauer, Herstellung & Autorenservices, Team Buchdesign & Lektorat meines Verlages Books on Demand, ohne deren engagierte Mitarbeit mein elfter Roman optisch nie so schön gestaltet worden wäre.

Allen Teilnehmern/Innen an den inzwischen siebzehn Lesungen, die ich in den letzten zehn Jahren gehalten habe, und natürlich auch allen Leser/Innen und Käufer/Innen meiner ersten zehn Romane ›Straßnroibas‹, ›Spätzünder, Spaßvögel & Sportskanonen‹, ›Keine Leiche, keine Kohle …‹, ›Der Junge, der eine Katze wurde …‹, ›Leidenschaft im Briefkuvert‹, ›Zeitmaschine – STOPP!‹, ›Das Geheimnis um YOG‹ TZE‹, ›Wer andren eine Feder schenkt‹, ›Das Ekel von Horstel‹ und ›Die sieben Jahreszeiten der Musik‹, die mich dadurch ermunterten, fleißig weiter zu schreiben.

Die bisherigen 10 veröffentlichten Romane von Manfred Schloßer:

Straßnroibas, Liebe – Länder – Leidenschaften
… ein autobiographischer Roman über Manfred Schloßers Alterego Danny
Kowalski, der genauso wie er während der letzten 3 ½ Jahrzehnte durch
die Kontinente gereist ist und dabei allerlei interessante und aufregende
Abenteuer erlebte, die mit fremden Kulturen, der jeweiligen Zeitgeschichte,
lustigen Dödelkes und prickelnder Erotik gewürzt wurden.
»Der afghanische Soldat hielt mir seine geladene Kalaschnikow gegen die
Brust und herrschte mich an: ›Verschwinde!‹, worauf ich mich schleunigst und
bereitwillig in die Wüste am östlichen Stadtrand von Herat verkrümelte …«
Dieser 2007 veröffentlichte Roman hat 408 Seiten, 17 farbige Illustratio-
nen, ist im Buchhandel bereits vergriffen, aber noch vereinzelt unter der
ISBN-Nr. 9783833483677 im Internet zu bekommen.

Aus der Presse: »*Liebe, Länder und Leidenschaften: Ob Indien, Thailand,
Nord- und Mittelamerika, Europa – es gibt kaum einen Ort auf der Welt, den
Manfred Schloßer in den letzten 35 Jahren nicht besucht hat …*«
WESTFÄLISCHE RUNDSCHAU Hagen, Oktober 2007

Spätzünder, Spaßvögel & Sportskanonen
Vom ersten Kuss bis zur Traumfrau: meine Jugend hat spät begonnen …
… ist die Geschichte von Danny Kowalski, der auszog, das Leben und die
Liebe zu lernen. Als Spaßvogel und ›Sportskanone‹ war er ein Frühstarter,
aber in der Liebe ein Spätzünder. Sein zweiter Roman von 2009 hat 368
Seiten, ist unter der ISBN-Nr. 9783837032697 veröffentlicht und im Buch-
handel oder im Internet zu beziehen.
*Aus der Presse: Vom Leben und der Liebe: Der prickelnde Titel: »Spätzünder,
Spaßvögel & Sportskanonen – Vom ersten Kuss bis zur Traumfrau: Meine
Jugend hat spät begonnen« verspricht denn auch viel. Erzählt wird die Ge-
schichte von Danny Kowalski, der von Westfalen auszog, das Leben und die
Liebe zu lernen …*
WAZ RECKLINGHAUSEN, März 2009

Keine Leiche, keine Kohle …

… ist ein Ruhrgebiets-Krimi, wobei der verschwundene Tommy Gölzen-leuchtner gesucht wird. Die Hagener Kripo um Bandura und Julia Finken-siep rätselt, ob er tot oder gar ermordet worden ist? Danny Kowalski sucht jedenfalls im Auftrag für seine Versicherung den Verschwundenen und jagt so einem Phantom durch drei Kontinente und über zwei Jahrzehnte hinter-her: diese Jagd führte ihn in Städte wie San Francisco, New Orleans, Taipeh und Bangkok oder Khao Lak.
Sein dritter Roman von 2011 hat die ISBN-Nr. 9783842320093, ist mit 9 Farbfotos verschönt, hat 150 Seiten und kostet 9,95 €.

Aus der Presse: Sein allerneuestes Produkt hat auch, aber nicht nur mit Rei-sen zu tun. Vielmehr ist ein ›Hagen-Krimi‹ entstanden. ›Keine Leiche, keine Kohle …‹ ist ein deutscher Krimi, der zumeist im westfälischen Ruhrpott spielt, aber die Handlung führt den Leser in einem Zeitraum von zehn Jahren auch einmal rund um die Erde.
WOCHENKURIER HAGEN, Februar 2011

Der Junge, der eine Katze wurde …

In diesem abgefahrenen Roman nimmt der junge Danny Kowalski Ende der 1960er Jahre in Domburg einen LSD-Trip, von dem er nicht mehr runter kommt. Die Handlung führt den Leser in einer abenteuerlichen Odyssee durch Süd-Holland, durch das Amsterdam der Hippies, durch die Wälder des Niederrheins und entlang der Flüsse und Kanäle Westfalens, in deren Verlauf Danny sich in eine Katze verwandelt. Sein vierter Roman von 2012 hat die ISBN-Nr. 9783844828276, ist mit 10 Illustrationen verschönt, hat 132 Seiten und kostet 8,95 €.

Aus der Presse: »Auf Drogen-Trip am Kanal. In seinem neuesten Buch ›Der Junge, der eine Katze wurde‹ nimmt der in Datteln aufgewachsene Manfred Schloßer seine Leser mit auf eine ungewöhnliche Reise.«
DATTELNER MORGENPOST, April 2012

Leidenschaft im Briefkuvert

… ist eine spannende Romanze mit historischem Hintergrund. Die Geschichte beginnt während des ›kalten Krieges‹ in den 1960er Jahren, als eine Ost-West-Brieffreundschaft die Gefühle der Beteiligten in Wallung brachte: »… aber sie konnten zueinander nicht kommen…!« Sein fünfter Roman von 2013 hat die ISBN-Nr. 9783848237852, ist mit 18 Illustrationen verschönt, hat 152 Seiten und kostet 9,90 €.

Aus der Presse: »Komm nach Hagen, werde Popstar, mach Dein Glück!« In seinem aktuellen Roman »Leidenschaft im Briefkuvert« – eine spannende Romanze mit historischem Hintergrund – schildert der Autor die Lebenslinien zweier Frauen.
STADTMAGAZIN HAGEN, Juni 2013

Zeitmaschine – STOPP!

In seinem Öko-Science-Fiction entführt uns der Autor Manfred Schloßer in die historische Zeitkultur der 1960er und 70er Jahre. Seine beiden Protagonisten Danny Kowalski und sein griechischer Freund Alexis machen sich mit ihrer Zeitmaschine auf der Suche nach Jim Morrison und den Doors. Da die altertümliche Höllenmaschine sich als leicht defekt herausstellt, landen sie zwar erst in unserer Vergangenheit des letzten Jahrhunderts, stolpern aber immer wieder haarscharf an ihren anvisierten Zielen vorbei. Sein 6. Roman wurde 2014 veröffentlicht, hat die ISBN-Nr. 9783735773388, ist mit 17 Illustrationen verschönt, hat 108 Seiten und kostet 7,95 €.

Aus der Presse: Der Hagener Autor Manfred Schloßer hat jetzt sein sechstes Buch veröffentlicht. Hauptfigur ist wieder der schon durch seine anderen Romane recht bekannt gewordene Danny Kowalski. Er ist diesmal mit der Zeitmaschine unterwegs …
WOCHENKURIER HAGEN, März 2014

Das Geheimnis um YOG‹ TZE

In diesem Kriminalroman klären die Protagonisten Kommissar Danny Kowalski und Kollegin Fanny Bevenbreucker einen 30 Jahre alten historischen Kriminalfall von 1984 auf. Ein Krimi muss nicht immer todernst sein, weshalb der Autor Manfred Schloßer oft humoristisch und augenzwinkernd unterwegs ist.

Sein siebter Roman wurde 2015 veröffentlicht, hat die ISBN-Nr. 9783738675306, ist mit 14 Illustrationen verschönt, hat 120 Seiten und kostet 7,99 €.

Aus der Presse: »Der seit 35 Jahren in Hagen lebende Manfred Schloßer hat sein siebtes Buch veröffentlicht. Der Krimi trägt den Titel ›Das Geheimnis um Yog‹ Tze‹. Dieses Mal hat er akribisch recherchiert, hat in Polizeiberichten gelesen und alte TV-Aufzeichnungen angeschaut. Denn obwohl die Handlung fiktiv ist, basiert sie auf einem echten Mordfall. Und den versucht Kommissar Kowalski zu lösen.«

WESTFALENPOST HAGEN, März 2015

Wer andren eine Feder schenkt

In seinem 8. Roman taucht der Autor Manfred Schloßer tief in die 1970er Jahre ein, denn es geht um ›Eine Freundschaft seit der Hippie-Zeit‹. Eine Männerfreundschaft mit seinem ewigen Freund Harry, die 1974 begann und auch heute noch – über 40 Jahre später – währt. Dabei erleben die beiden so allerlei und vertiefen sich anschließend in Gespräche über Liebe, Lachen, Nächte. Und es wird wieder mal eine geballte Ladung an Sex, Drugs und Rock'n Roll geboten.

Dieser achte Roman aus der Danny-Kowalski-Reihe von Manfred Schloßer wurde 2016 veröffentlicht, hat die ISBN-Nr. 9783741215124, ist mit 18 Illustrationen verschönt, hat 188 Seiten und kostet 7,99 €.

Aus der Presse: »Abenteuer aus der Hippie-Zeit. Ein Tagebuch mit Eintragungen, Erinnerungen und Abenteuern aus den 70er Jahren hat Manfred Schloßer zu seinem neuen Roman animiert. In dem Roman taucht er tief in die Zeit seiner Jugend.«

WESTFÄLISCHE RUNDSCHAU HAGEN, März 2016

Das Ekel von Horstel

In seinem 9. Roman ›Das Ekel von Horstel‹ klären Kommissar Danny Kowalski und seine junge flippige Kollegin Fanny Bevenbreucker eine alte Mord-Serie aus Horstel und Berlin von 2003, 2005 und 2007 auf. Autor Manfred Schloßer ist auch im 9. Teil der Danny-Kowalski-Reihe wieder oft humoristisch und augenzwinkernd unterwegs.
Kommissar Kowalski sucht jedenfalls aus seinem Keller-Büro bei der Hagener Kripo im Sonder-Dezernat ›Z‹ für unaufgeklärte Mordfälle zwei Mörder oder gar einen Auftragsmörder.

Dieser neunte Roman aus der Danny-Kowalski-Reihe von Manfred Schloßer wurde 2017 veröffentlicht, hat die ISBN-Nr. 978 3743 1709 40, ist mit 12 Illustrationen verschönt, hat 180 Seiten und kostet 7,99 €.

Aus der Presse: »Ein neuer ›Schloßer‹: Das Ekel von Horstel. Ein Hauch von ›True Crime‹, einem besonders in den USA gern gelesenen Genre, ist dem Roman zuzuschreiben. Autor Manfred Schloßer ist auch im neunten Teil der Danny-Kowalski-Reihe wieder humoristisch und augenzwinkernd unterwegs.«
WOCHENKURIER HAGEN, MÄRZ 2017

Die sieben Jahreszeiten der Musik

In seinem zehnten Roman ›Die sieben Jahreszeiten der Musik‹ kommt sein literarisches Alterego Danny Kowalski wieder groß raus. Autor Manfred Schloßer führt im 10. Teil der Danny-Kowalski-Reihe humorvoll durch ein musikalisches Kaleidoskop voller prickelnder Erotik und Abenteuerlust. Eine ganze Generation wird bedient, und der Zeitgeist der 60er, 70er und 80er Jahre wird wieder erweckt. Dabei werden die besonderen Gefühle bei besonderen Momenten im Leben beleuchtet, wie der erste Kuss, die erste Liebe oder der erste Sex …
… und was dabei für eine Musik im Hintergrund lief.

Der 10. Roman von Manfred Schloßer ›Die sieben Jahreszeiten der Musik‹ aus dem Jahr 2017 ist unter der ISBN-Nr. 978-3-7460-5129-1 veröffentlicht worden, hat 224 Seiten, ist mit 28 Fotos verschönt und kostet 8,99 €.

Aus der Presse: Manfed Schloßer: Zehn Bücher in zehn Jahren.
In ›Die sieben Jahreszeiten der Musik‹ begibt sich Schloßer in Form seines literarischen Alteregos ›Danny Kowalski‹ durch die musikalische Zeitgeschichte der 60er, 70er, und 80er Jahre. Gefühle und besondere Momente finden Berücksichtigung und vor allem – die Hintergrundmusik des Lebens. Wer sich nun fragt, warum es bei Manfred Schloßer gleich um sieben und nicht um vier Jahreszeiten geht, der sollte sich mit ›Danny Kowalski‹ auf die Reise begeben. Mehr wird hier nicht verraten.
WOCHENKURIER HAGEN, Dezember 2017